在像我们这样残忍的土地上能够出现仁慈的奇迹，
永远是更加值得惊叹的。
　　——伊曼纽尔·列维纳斯

Elie Wiesel

L'AUBE

黎　　　明

[罗马尼亚]埃利·威塞尔 —————— 著　吕文杰 —————— 译

上海三联书店

图书在版编目（CIP）数据

黎明 / （罗）埃利·威塞尔著；吕文杰译 . -- 上海：
上海三联书店，2024.6
ISBN 978-7-5426-8438-7

Ⅰ.①黎… Ⅱ.①埃… ②吕… Ⅲ.①长篇小说—罗
马尼亚—现代 Ⅳ.①I542.45

中国国家版本馆 CIP 数据核字 (2024) 第 067160 号

黎明

著　　者 / [罗马尼亚] 埃利·威塞尔
译　　者 / 吕文杰

责任编辑 / 张静乔　钱凌笛
特约编辑 / 张引弘　刘　会
装帧设计 / 尚燕平
监　　制 / 姚　军
责任校对 / 王凌霄

出版发行 / 上海三联书店
　　　　（20041）中国上海市静安区威海路 755 号 30 楼
邮　　箱 / sdxsanlian@sina.com
联系电话 / 编辑部：021-22895517
　　　　　发行部：021-22895559
印　　刷 / 北京中科印刷有限公司

版　　次 / 2024 年 6 月第 1 版
印　　次 / 2024 年 6 月第 1 次印刷
开　　本 / 787mm×1092mm　1/32
字　　数 / 55 千字
印　　张 / 4.75
书　　号 / ISBN 978-7-5426-8438-7/I · 1871
定　　价 / 48.00 元

敬启读者，如发现本书有印装质量问题，请与印刷厂联系 010-69590320

献给弗朗索瓦·莫里亚克

第一章

某处传来了孩子啼哭的声音。对面的房子里，一名老妇关上了百叶窗。天气十分炎热。巴勒斯坦秋天的夜晚依旧闷热。

　　我站在窗前，望着暮色笼罩整个城市。透明的微光让这座城市变得更加平静、虚幻、遥远、静谧。

　　明天我要杀一个人。这件事我考虑了很久，也猜想着街对面的女人以及哭泣的孩子是否已经知晓此事。

　　我并不认识那个人。我不仅不清楚他长什么样子，甚至不知道这个人是否存在。我对他一无所知。他是否会在吃东西的时候挠挠鼻子；是否在做爱时话很多抑或是沉默不语；是否会爱上他的仇人；是否会对妻子不忠以及背弃自己的信仰与未来。这些我都无从所知，我只知道他是一个英国人，他是我的仇人。而关于这件事，谁又不知道呢？

加德轻声说道："别多想了，我们这是在打仗。"

他的声音小到几乎听不见。我想告诉他，其实他可以大声地说出来，因为没人会听到他的声音。那个孩子一直在哭，哭声掩盖了其他所有的声音。可我却无法开口。我在想那个明天就会死的人。明天，我们两将只能像刽子手与受刑人那般，永远地捆绑在一起。

加德说："天黑了，需要我去点灯吗？"

我摇了摇头。天色并未完全暗下来。那张面孔还没有出现在窗户上。它总是能让我知晓什么时候白天才算结束。

我曾从一个乞丐身上学会了区分白昼与黑夜的能力。某个冬天的夜晚，我前往一所暖气过热的犹太教堂内进行祷告。在那里，我遇见了这个乞丐。他又高又瘦，脸色阴沉，穿着破旧的黑色衣服，双眼中流露出的目光仿佛不来自于这个世界。

这件事发生在战争刚开始的时候。我只有十二岁，父母都还活着，这座小城的居民还信仰着上帝。

"您是外国人吗？"我询问那个乞丐。

他以一种在倾听而并非说话的口吻回答道："我并不来自这里。"

对于这些乞丐，我又喜欢又害怕。我知道应该善待他们，因为我们并不知道他们是否是真正的乞丐。在哈西迪犹太教的文献中，先知以利亚常常装扮成乞丐的形象来探访世间与人类的心灵。假如人们对他友善，他将赐予那些人永恒。但是以利亚并不是唯一一位喜欢装扮成乞丐游历人间的先知。死亡天使也喜欢用同样的方式来恐吓人类。但是，如果遇见死亡天使，表现得冒失是很危险的。因为他能够夺走人的生命与灵魂，以此作为交换。

教堂里的那个异乡人令我感到害怕。我询问他是否饿了？他回答说他不饿。我又问他是否需要任何东西？他说他什么都不需要。我想为他做些什么，却不知道该怎么办。

教堂里空荡荡的，只剩下我们两个人，蜡烛也很快就要熄灭了。我感到越来越焦虑，也深知自己不应该在午夜与他一起待在教堂内。因为亡者会在午夜时分从坟墓中起身，前往教堂向神祷告。如果他们发现你在那里，便会带走你以保守他们的秘密。

"去我家吧"，我对那个乞丐说，"家里有东西给你吃，还有一张床供你休息。"

乞丐回答说："我从不睡觉。"那时我可以肯定，他并不是一个真正的乞丐……

我告诉他，自己应该回家了，他提出要陪我走一程。当我们穿行在积雪覆盖的小巷中时，他询问我是否害怕黑夜。

"害怕，"我对他说，"我害怕黑夜。"我本想说我也害怕他，但是我觉得他肯定已经知道了。

他抓住我的手臂（这让我感到害怕），对我说道："你不必害怕黑夜。黑夜比白天更为纯洁。我们在夜晚能更好地思考、相爱与做梦，一切事物到了夜晚都变得更加强烈和真实。白天所说的一句话，在夜晚回想时便会有不同的、更深远的含义。不懂得区分白天与黑夜是人类的悲剧。他们在夜晚谈论着本应该在白天说的事物。"

到我家门前时，他停住脚步。我询问他是否愿意进来坐坐。但是他并不愿意。他应该走了。我心想：他将会回到那座教堂，在午夜迎接那些亡者。

"听着，"他对我说，手指还紧紧地抓住我的手臂，"我来教你区分昼夜的方法。你需要一直盯着窗户看。如果没有窗户，你可以看人的眼睛。当你看到一张脸时，无论是谁的，你就知道黑夜已经取代了白昼。因为夜晚具有一张面孔，你应该知道这一点。"

随后，他没有给我时间跟他说些什么，就向我道别，消失在雪地里。

从那时起，每天黄昏时分，我都喜欢站在窗边等待夜幕的降临。窗户的另一边总会出现一副面孔，它每天都不一样，正如夜晚并不总是相同的。起初是那个乞丐的脸。我的父亲去世之后，便是他的脸出现在窗户上，他用因死亡与记忆而变大的巨大眼睛凝视着我。有时，窗户上出现的是陌生人泪流满面的面孔或

者早已被遗忘的笑容。我对他们一无所知，只知道他
们已经死了。

"别担心了，"加德说，"不要在黑暗中忧虑。我们
还在打仗。"

我想到了我黎明时要杀的那个人，我也想到了那
个乞丐。突然，一股寒意从我的后背窜起。一个荒谬
的想法掠过我的脑海：如果我黎明要杀的人就是那个
乞丐呢？

外面的暮色骤然消散，正如中东地区时常发生的
那样。那孩子一直在哭泣，似乎比之前要更加伤心。
这座城市现在仿佛一艘幽灵船。黑夜无声无息地将它
吞没。

我凝视着窗户，夜色深处有一张由阴影组成的面
孔开始形成。我感到喉咙一阵剧痛，这股疼痛撕裂了
我的存在。我感到十分惊愕，无法将目光从那张脸上
移开。

那是我自己的脸。

一小时前，加德告诉我"长者"的决定：执行死刑。明天黎明时分，所有罪犯都将死去。

"长者"的决定对我来说并不意外。我早就料到了，每个人也都预料到了。巴勒斯坦人民知道："运动"言出必行。一直都是这样，英国人也知道这一点。

一个月前，我们的一名战友在恐怖行动中受伤，后被警察抓获。他们在他身上发现了武器。军事法庭按照巴勒斯坦颁布的军事管制法，作出了预期的判决：绞刑处决。这是代理政府第十次对我们的战友处以死刑判决。"长者"认为这已经够了，他不能允许英国人将"圣地"变成刑场。于是他宣布了"运动"的新方针：复仇。

通过夜间张贴的海报和地下广播，这场"运动"向英国人发出了严肃的警告：不能对戴维·本·莫西施以绞刑；不能绞死他，因为他的死亡会让你们付出沉重的代价。从现在起，每当一名犹太战士被绞死，都会有一位英国母亲为她儿子的死亡而痛哭。

为了让警告听起来更有分量，"长者"下令劫持一名人质，最好是一名军官。命运决定了这名人质是约翰·道森上尉。夜晚，他独自一人走在路上，而我们的人正伺机劫持在夜晚独自行走的英国军官。

约翰·道森劫持事件让整个国家陷入极度紧张的状态。英国军方宣布全国实行四十八小时的宵禁。每间房子都遭到了彻底的搜查；数百名嫌疑人被逮捕；坦克在所有的十字路口就位；房子的屋顶都被改造成机关枪掩体；街道的每处角落都布满铁丝网。巴勒斯坦变成了一座巨大的监狱。

但是在这座巨大的监狱内部，依旧存在着另一个监狱。"运动"将人质关押在那里，而在人质的战友看来，他们仍然下落不明。

英国驻巴勒斯坦的高级专员在一份简短骇人的声明中警告巴勒斯坦民众，如果服务于英国女王陛下的约翰·道森上尉被恐怖分子处决，他们所有人都将为此负责。

街道上充斥着恐惧的氛围。人们在谈话中提及了

"大屠杀"一词。

"你觉得他们能做到吗?"

"为什么不呢?"

"英国人? 英国人会进行大屠杀吗?"

"为什么不呢?"

"他们不敢。"

"为什么不敢?"

"这个世界不会让英国这么做的。"

"为什么不会呢? 想想希特勒,这个世界都让他这样做了。"

局势变得十分严峻,犹太复国主义领导人劝告民众应该谨慎,对恐怖主义表示谴责,同时立刻联系"长者"。他们恳求他:"不能做得过于极致","国家的生命危在旦夕","不要杀害英国军官","这将造成大屠杀和复仇行为","您这样做会危及无辜男女的生命。"

"长者"回应道:"如果戴维·本·莫西被杀,约翰·道森必死无疑。如果这场'运动'退缩,那将是英国人的胜利；而这将是我们软弱的表现，一种对无能的承认，这就好像我们对英国人说：'来吧，你们可以随意绞死那些反抗的年轻犹太人。'不，'运动'不会退缩。暴力是英国人唯一能理解的语言。一个人的命换另一个人的命。一个人的死亡则意味着另一个人的死亡。"

这场斗争引起了全世界的关注，并登上巴黎、伦敦、纽约主流报刊的头条。十几名特派记者即刻乘坐飞机前往卢德。戴维·本·莫西和约翰·道森共同登上报纸与杂志的头版。耶路撒冷城再次成为世界的中心。

而在伦敦，英国殖民地事务部长接见了一位女性；她是为了犹太恐怖分子的利益而来的。这位女性是约翰·道森的母亲。她恳求赦免戴维·本·莫西，因为她儿子的命和这个男人的命息息相关。部长面带微笑、庄严地回答说："夫人，不要害怕。那些犹太人不敢这样做。您是了解他们的：他们喊叫、哭泣；说的那些话的含义让他们自己都害怕。夫人，别担心了。您的儿子不会死的。"

巴勒斯坦事务高级专员并没有很相信这番言论。他向殖民地办事处发了一封电报，建议赦免戴维·本·莫西。他认为这一举措将会为英国在巴勒斯坦国内以及国际社会赢得公众的同情和支持。

伦敦方面致电这位高级专员予以答复。殖民地事务部长亲自与他进行沟通。"该建议已在内阁会议上进行了讨论，有两名内阁大臣赞成，而其他人则表示反对。首先是出于政治原因，其次也是为了维护英国王室与帝国的威望。这种赦免将被认为是一种软弱的表现。这可能会使得其他殖民地的所谓'理想主义'青年也产生这种想法。人们会说：'在巴勒斯坦，是一群恐怖分子告诉英国应该做什么，不应该做什么。'而我们将成为全世界的笑柄。"他又说道，"除此之外，还要考虑到下议院。已经占据一定优势的反对党将会把我们扫地出门。"

巴勒斯坦事务高级专员问道："所以是不会赦免吗？"

"不会。"

"那约翰·道森呢，阁下？"

"他们不敢杀他。"

"我并不认同这一观点。"

"您有权利这样认为。"

几小时后，耶路撒冷官方电台宣布：戴维·本·莫西将于明天黎明在阿卡监狱[①]内被处决。当天下午，这名死刑犯的亲属被允许探监并与他道别。高级专员则呼吁民众保持冷静。

紧接着电台播报了其他新闻：联合国正就巴勒斯坦问题进行讨论；地中海地区，两艘运载非法移民前往海法的船只遭到扣留，这些移民则将被关押在塞浦路斯；内坦亚市发生一起车祸：一人死亡，两人受

[①] 阿卡监狱（Acre Prison）是以色列阿卡老城的一座原监狱，目前为博物馆。在英国托管巴勒斯坦时期，它作为监狱使用，许多阿拉伯人因参与 1936—1939 年巴勒斯坦阿拉伯起义被囚禁于此，大约 140 名囚犯在巴勒斯坦总罢工期间被处决。（本书脚注均为译者注。）

伤；明日天气晴朗，能见度良好。接下来，我们将重复第一则讯息：因恐怖主义行为而被判处死刑的戴维·本·莫西将遭到处决……

播报员没有提到约翰·道森。但是所有在焦虑等待他消息的人听到这则讯息后，都知道他将死去。这名英国上尉将与戴维·本·莫西共同死去。"运动"言出必行。

"谁来处决约翰·道森呢？"我问加德。

他回答："你。"

"我？"我惊讶地问道，甚至不敢相信自己的耳朵。

"你，"加德重复道。片刻之后，他又对我说："这是'长者'的命令。"

我感觉自己脸上像是挨了一拳。脚底的大地仿佛裂开了，我感到自己在坠落，坠入一种虚无，在那里一切都以噩梦的形式存在。

加德说："这就是战争。"

他的声音从很远的地方传来，以至于我几乎听不清楚。

"这就是战争，不要担心。"我在"坠落"时心想：明天我将杀一个人，亲手杀死一个人。

我叫以利沙[1]。

这个故事发生的时候，我十八岁。加德将我带到巴勒斯坦；是他让我加入这次"运动"的，也是他把我变成了一名恐怖分子。

我是在巴黎遇见加德的，二战结束后，我离开布痕瓦尔德[2]来到巴黎，随后便一直住在这座城市。

当布痕瓦尔德集中营被美国军队解放后，他们提出送我回到自己的家乡。我拒绝了这一提议，因为我

---

[1] 以犹太先知以利沙（Elisha）的名字命名，该犹太先知出现在旧约和新约中。它暗指旧约《列王记》中提到的先知以利沙。

[2] 布痕瓦尔德（Buchenwald）：指布痕瓦尔德集中营，是纳粹在德国图林根州魏玛附近所建立的集中营，建立于1937年7月。布痕瓦尔德集中营是建立最早和最臭名昭著的集中营之一。

并不想重温童年；不想再看到曾经所住的房子，那里如今可能已成为陌生人的居所。我知道自己的父母已经不在人世，家乡也被苏联占领了。"为什么要回去呢？不了，谢谢你们"我回答道，"我不想回去。"

他们问我："那你想去哪里？"

我回答说我不知道，也不在乎。我去任何地方。

在解放后的布痕瓦尔德待了五个星期之后，我坐上一列开往巴黎的火车。法国为我提供了难民庇护。当我到达巴黎时，一个救援组织为了让我能够恢复健康而将我送去诺曼底的青年营内，在那我度过了一个月的假期。

回到巴黎后，同一个救援组织在马鲁瓦街为我提供了一处住所，并给了我一小笔钱，使我能够在巴黎生活以及支付法语课的费用。一位留着胡子的先生（我已经忘记他的名字）每天都会给我上课，星期六和星期天除外。我想学好法语，以便能够在索邦大学学习哲学课程。

哲学让我着迷：我想去了解自己所遭受的那些事

情的意义。在集中营内我对上帝以及只在残忍方面与他相似的人类发出痛苦、愤怒的喊叫，如今我想再次听到这种喊叫，并在一种超脱的氛围中对其进行分析。

许多问题困扰着我：人在哪里能找到上帝？是在受苦中，还是在反抗中？人什么时候才是真正为人？是在他顺从时，还是在他拒绝时？苦难将人引向何处？是引向净化，还是引向兽性？

我希望哲学能够回答这些问题，消除我的疑虑、记忆以及内心的愧疚。而哲学将会消除这些事物，或者至少使它们变成清晰与凝练。

我的目标是进入索邦大学并努力学习。

然而我却什么也没做。

是加德让我脱离了学业。即使在今天，只要被问到学业相关的问题，我还是会说：加德应该为此负责。

某天晚上，有人敲了我房间的门。我一边开门，一边想着会是谁。我在巴黎没有任何朋友。我不认识任何人，大部分时间都是坐在房间里拿着一本书，或是用手捂住眼睛，回想过去。

"我想和您聊聊。"

门口站着一个又高又瘦的年轻人。他穿着雨衣，看起来像个警察或冒险家。

"请进。"我说完便发现他已经进入房间了。

他没有脱下雨衣，一声不响地走到桌子旁，拿起放在那里的几本书，随意地翻了翻就放下了。然后他抬起头看向我。

"我知道你是谁，"他对我说，"我知道你的一切。"

他精神饱满，脸晒得很黑，头发乱蓬蓬的，还有一缕卷发不断落在额头上。他的嘴巴看起来很无情，甚至有些残忍，这也突显了他目光中所透露出的善良以及智慧的强度。

"你比我更幸运，"我回答道，"我对自己知之甚少。"

他的嘴角露出一丝微笑。

他接着对我说："我不是来谈论你的过去的。"

我回答道："可我对未来没有什么兴趣。"

他继续微笑并问道："未来？难道你没有和它联系

在一起吗？"

我觉得和他待在一起很不舒服。我无法理解他，也不明白他问题的含义。他身上的某些东西让我感到恼火。也许是他对我的优越感，因为他知道我是谁，而我却不知道他的名字。他用如此熟悉与期待的目光看着我，以至于有一瞬间，我以为他找错人了，他要见的不是我，而是另一个人。

"你是谁？"我问他。"你到底是谁？你想从我的未来得到什么？"

"我是加德。"他用低沉且审慎的声音回答道，就像有人和你说了卡巴拉①的一句话，其中包括了所有问题的答案。他口中的"我是加德"，就像是上帝曾说的："我就是我。"

"好吧，"我回答道，内心好奇又不安，"你叫加

---

① 卡巴拉：希伯来语为"קבלה"，字面意思是"接受/传承"。卡巴拉是与犹太哲学观点有关的思想，用来解释永恒的造物主与有限的宇宙之间的关系。

德，很高兴认识你。现在我们已经互相认识了，或许你可以告诉我你来这里的目的。你想从我这里得到什么？"

我感到他的目光渗入我的身体深处。他看了我一会儿，然后以一种平静、自然的声音与客气的语调回答道：

"我想要你将自己的未来交给我。"

作为一个在哈西德教派①浸润下长大的孩子，我听过很多关于米苏拉②的奇怪故事。这位神秘的命运使者能够随时随地做任何事情。他的声音能让人不寒而栗。米苏拉无所不能，因为他的使命不仅超越了自身，也超越了人类。他所说的每一个字都是绝对的、无限的，而其中的含义令人着迷又害怕。我想加德可能就是一位米苏拉。我这样想并不是因为他的外貌，而是他的

---

① 哈西德教派：犹太教虔修派别和神秘主义团体。18 世纪起源于波兰犹太人。认为宗教本质不在于礼仪和律法，最高目标是与上帝的精神交流。

② 米苏拉（Meshulah）：拉比派来收集慈善基金的使者。

声音，是那声音所说的内容。

我再次问他："你是谁？"

加德让我感到害怕。我身体内的某种东西告诉我，在我和他共同走的路的尽头，将会出现一个长得像我而我却讨厌的人。我想我已经知道，有一天我会杀死一个人。

"我是一名使者。"

我感觉自己脸色发白。所以我猜对了。他是一名使者，命运之人。我们不能拒绝他。如果他要求的话，你必须给他一切，甚至希望。

"你想要我的未来，"我对他说，"你想用它来做什么？"

他又开始笑了，但脸上的笑容却是冷漠、遥远且捉摸不透的。掌握人类命运的人就是这样笑的。

"我会让你的未来发出呐喊。"他眼睛的黑暗中燃起了一束奇怪的光芒，"一开始是绝望的，然后是希望的，最后这将是一场胜利的呐喊。"

我坐在床上，将房间内唯一的椅子让给加德。但是他依旧站着。在哈西德教派的传说中，命运使者总是站着的，就好像他的身体在任何时候都必须充当天地之间的纽带一般。

加德一直站着，头歪在右肩上，身上穿着雨衣（他似乎从未脱下过），眼神与嘴唇火热，开始向我讲述"运动"的情况。

他抽了很多烟。即使是在点烟的时候，他的目光也一直瞥着我，嘴巴还在不停地说着话。

加德一直讲到第二天早晨。我睁着双眼，敞开自己灵魂来倾听他的讲述。童年的时候，我也是如此听留着发黄的胡子的老师说话的，是他让我发现了卡巴拉里的神秘世界。在那里，每一个想法都是一个故事，而每一个故事（甚至是关于影子生活的故事）都是永恒的火花。

那天晚上，加德向我讲述了巴勒斯坦以及犹太人千年来的梦想——重建独立且自由的家园，在那里所有人类行为都不会受到约束。

他还向我描述了恐怖主义"运动"与英国的激烈

斗争。

"英国政府派遣了十万名士兵来维持所谓的秩序。而我们（或者说这场'运动'）仅有一百多名同志。但是我们让英国人感到害怕。你听见我说的了吗？英国人，我们让他们害怕到颤抖。"他激动地喊着，而我在他眼睛内的黑暗中看到足以让十万士兵颤抖的数百个火花。

这是我一生中第一次听到一个犹太人的故事，并且在这个故事中不是犹太人害怕到颤抖。在此之前，我一直认为犹太人的使命是成为历史中的"战栗"，而不是使之颤抖的风。

加德又说："伞兵、警犬、坦克、飞机、机枪、刽子手，他们都在颤抖。圣地（耶路撒冷）已经成为他们的恐怖之地。他们不敢在晚上出门；他们不敢看着年轻女孩的眼睛，因为惧怕她会朝他们的肚子开枪；他们不敢抚摸孩子的头，以免他朝他们脸上扔掷手榴弹。他们既不敢说话，也不敢保持沉默。他们十分害怕。"

几个小时内，加德带我领略了巴勒斯坦的蓝夜，那种寂静而从容的美。你与一位女伴在夜晚共同散步，你告诉她你爱她并且赞美她美丽动人。二十个世纪以来的人们很快就会了解到这一点。但是英国人并不认为夜晚是美的源泉。对他们来说，夜晚就像坟墓一样开启与关闭。每天夜晚都会有一名、两名或是十名士兵进入黑夜后消失。

加德向我解释了他希望我能做的事情：和他一起前往巴勒斯坦，放弃在巴黎的一切，去参加战斗。这场"运动"需要新的力量和增援；需要能将自己的未来献给"运动"的年轻人。而这些未来的总和就是以色列的自由，即巴勒斯坦的未来。

这是我第一次听说所有这一切。我的父母并不是犹太复国主义者。在我看来，锡安①是一种神圣的思

---

① 锡安：巴勒斯坦耶路撒冷老城南部一座山名。犹太教常用来隐喻耶路撒冷全城和以色列全地。

想，一种弥赛亚①式的希望，一个祈祷或是一次心跳；而不是一个地理位置、一种政治现实、一个人死亡或被杀的原因。

加德的故事让我着迷。我在他身上仿佛看到一位犹太教历史中的王子；抑或是传说中的使者，由命运派来，穿过我想象中的世界，他的使命是对那些信仰过去的人们说："来吧，来吧，来吧。未来在等着你们。它向你们张开双臂。从现在开始，你们将不再遭受迫害、羞辱、蔑视甚至被他人怜悯。你们将不再是生活在不属于你们的时代以及地域的异乡人。来吧，兄弟们，来吧。"

加德沉默不语，走到窗前看着黎明的到来。夜色开始消散。一道暗淡、疲劳、霉青色的光涌入了马鲁

---

① 弥赛亚：原意为"受膏者"。古代犹太人封立君王、祭司等职位时，常举行在受封者头上敷膏油的仪式，故君王等人有"受膏者"之称。在犹太王国亡后，犹太人中传说，上帝终将派遣一位"受膏者"来复兴犹太王国。弥赛亚遂成为犹太人所企望的"复国救主"的专称。

瓦街的这所小房间。

我说："我同意。"

我不得不低声地说这句话，以至于加德并没有听到。他站在窗边，沉默了片刻后，转过身对我说："黎明来了。巴勒斯坦与巴黎的黎明不同。这里的黎明是灰色的；而在巴勒斯坦，它是淡红色的，火一般的颜色。"

"我同意了，加德。"我重复道。

"我听到了，"他回答说，脸上带着巴黎的黎明般颜色的微笑。"你三周后就要离开。"

一阵微风吹来，我不禁打了个寒战。那时已经是秋天了。我心想着："三个星期，之后仍然是未知数。"也许让我颤抖的是这种想法而不是微风。

我想在那一刻，我身体内的某种东西就已经知道，在我和加德即将走的路的尽头，会有一个人在等我，一个像我的人，一个被要求杀死另一个也许会和他一样的人。

"这里是耶路撒冷之声……以下是今天的新闻……戴维·本·莫西将于明天黎明遭到处决……高级专员呼吁全体民众保持冷静。从今夜九点起，全城将实行宵禁。请大家不要出门……再重复一遍，请大家不要出门……军方已经接到允许开枪射击的命令……"

播音员的声音出卖了他的情绪。念出"戴维·本·莫西"时，他的眼中一定饱含泪水。

这名年轻的犹太战士是当时全世界的英雄。欧洲所有的抵抗运动都在英国大使馆前举行示威活动。各国首席拉比①共同签署了一份致英国女王陛下的电报。这份电报上仅仅只有一句话："不要绞死一名唯一罪行是理想主义的年轻梦想家"，后面附有三十多个签名。白宫则接待了一个犹太代表团，美国总统承诺将为这

---

① 首席拉比：一些国家给予该国当地犹太社区公认的宗教或世俗领袖的头衔。

位年轻的犹太人与英国进行斡旋。那一天，人类共同拥有了一颗心：戴维·本·莫西的心。

晚上八点，外面的天已经黑了。加德点亮房间内的灯。那个孩子又开始哭泣。

加德说："这帮混蛋！他们要绞死戴维。"

加德的脸和手都极其红，仿佛着火一般。他看起来十分忧虑，并开始在房间里走来走去，点燃一支烟，然后扔掉，又重点一支。

"他们要绞死他，他们要绞死他，"他不停地说着。"啊，这帮混蛋！"

播音员结束了新闻播报。随后是合唱音乐类节目。当我正准备关掉收音机时，加德突然说道："现在是八点十五分，找一下我们的广播电台。"

由于紧张，我没能找到那个广播电台。

加德说："让我来吧。"

节目刚刚才开始。播音员的声音十分动听与低沉。巴勒斯坦人民都认识这个声音。每天晚上八点十五分，在所有的房屋里，男人、女人和孩子都会停下手上的工作与游戏，倾听那个温暖而神秘的声音。她总是以六个熟悉的词开始广播："这是自由之声……"

巴勒斯坦的犹太人喜爱这个女孩或女人，但是他们从来不知道她是谁。英国人为了抓住她付出了巨大的代价。在他们眼中，她与"长者"一样危险。她也是传说中的一部分。但是几乎没有人知道是谁拥有这样的金嗓子，知道的人总共不超过五个。而加德和我便是其中两位。我们认识这位播音员，她的名字叫伊拉娜。加德爱她，她也爱加德。而我则很倾慕他们之间的爱情。我也需要这一份感情，因为这样，我才能知道爱是存在的，以及它能带来微笑与欢乐。

"这是自由之声。"伊拉娜重复道。

加德黝黑的脸上流露出一丝颤抖。他站在设备旁边，向它倾斜，像是要把自己分成两截。他仿佛想用自己的双手与眼睛来触摸伊拉娜那纯洁、动人的声音。而这动人的声音今夜也属于我与整个巴勒斯坦。

"有两个人将在明天黎明时分死亡，"伊拉娜说道，仿佛在朗读每天都在读的重写的圣经段落一般，

"一个人值得我们敬佩，另一个人值得我们怜悯。戴维·本·莫西——我们的兄弟成了领路人，他知道自己为什么会死；而约翰·道森并不知道。他们两个人都很年轻、英俊、聪慧，对幸福生活充满着期待。他们本可以成为彼此的朋友，但是如今不再拥有这样的机会。因为明天黎明时分，他们将会在同一小时、同一分钟死去，但却不在一起。他们之间存在一条鸿沟。戴维·本·莫西的死亡是有意义的，而约翰·道森的死亡却并没有；戴维是一名英雄，而约翰是一位受害者……"

伊拉娜播报了大约二十分钟。她节目的最后一部分完全是献给约翰·道森的，他比戴维更需要安慰与这些话语。

我并不认识戴维或约翰，但却感觉自己与这两个人以及他们的命运有联系。突然间，一个念头在我脑海中闪过。当伊拉娜谈到约翰·道森即将到来的死亡时，她提到了我。而我就是那个要杀他的人。那谁来杀戴维呢？有那么一瞬间，我觉得是自己要杀死他们两个，以及世界上所有名叫戴维与约翰的人，我是他们所有人的刽子手。这就是我所想的。我已经十八岁了，这十八年来的追寻、苦难、学习与反抗。而这就是结果。我想了解人类纯洁的本质以及寻找通往人性的道路。我努力做正确的事情，但是在这里，我却正在成为将死亡与上帝联系在一起的杀人犯。我走到挂在墙上的镜子前想看看自己。我看到了自己的样子，随后发出一声低沉的叫喊："我浑身都是眼睛。"

孩提时代，我总对死亡感到畏惧，这并不意味着我害怕去死。但是每次想到死亡时，我就会焦虑得发抖。

我那位留着发黄胡子的卡巴拉老师——卡尔曼曾说："死亡是一种没有手和腿，也没有嘴和头的生物。它是由眼睛组成的。如果你遇到一个到处都有眼睛的生物，那它就是死亡。"

加德仍然站在收音机旁一动不动，认真地听伊拉娜说话。

我对他说："看我。"

他没有听到我的话。

"约翰·道森，你的母亲，"伊拉娜说，"她正在默默地哭泣或绝望。她今晚注定无法入眠。她会坐在窗边的椅子上，手里拿着表，等待着黎明的到来。然后她的心脏会突然猛跳起来。而在那一刻，你的心脏将停止跳动。她会大声喊道'他们杀死了我的儿子，这些凶手！……'然后崩溃昏厥。不，道森夫人，我们不是凶手。"

"看我，加德。"我又说了一遍。

他抬起头，看了我一眼，耸了耸肩，然后接着去听伊拉娜的声音。我想："加德并不知道我就是死神。但道森夫人一定知道，这位沉默的母亲独自坐在窗前，俯瞰着伦敦郊区的某个白色花园。毫无疑问，她一定知道。她也猜到了。因为她所看到的夜晚可能有我的面孔，那张到处都是眼睛的脸。

"不，道森夫人。我们不是凶手。那些部长们才是。是他们在明天早上杀死您的儿子。我们本会爱护他，像兄弟一样欢迎他，给他提供面包和牛奶并向他介绍我们国家的美丽之处。但是，道森夫人，您的政府使他成为我们的敌人，也是他们签署了您儿子的死刑令。所以我们并不是凶手……"

我用手捂住自己的头。那个孩子不再哭泣了。

我曾经杀过人；这一点我很确定，不可能是别的事情。但当时的情况不同，那次杀人的行为有其他层面的原因，也有其他的旁观者。

自几个月前抵达巴勒斯坦以来，我参加过无数次与警察的交战、几十次破坏行动、数次对军事车队的袭击，走遍了加利利地区的绿色道路或沙漠内的白色公路。通常情况下，双方都有死亡，但是我们总是占据一定的优势。因为夜晚是我们的盟友。敌军看不见且难以察觉我们的存在，所以我们能在最令人惊讶的位置以及最出乎意料的时刻发动袭击，摧毁军营，杀死十几个士兵，然后消失得无影无踪。"运动"的目标很简单：杀死尽可能多的英国士兵。

从踏上巴勒斯坦土地的第一天起，他们就试图在我的脑海中植入这种想法。当我在海法下船时，有两名同志开车前来迎接，随后将我带到拉马特甘市和特拉维夫市之间的一栋两层楼房里。这栋楼房是以一位语言教师的名义租来的（以向邻居证明这么多男孩和女孩的来来往往是合理的），"运动"将其用于为包括我在内的新来者举办恐怖主义课程。此外，这所房子（我们称之为学校）内有一所地下监狱，在那里关押着囚犯、人质以及被警察通缉的同志。那天晚上，约翰·道森就是在这所监狱内等待被处决的。这个藏身之处绝对安全，不存在被发现的危险。英国军队和警察曾数次彻底搜查这所房子；警犬也不止一次地靠近约翰·道森所在的监狱。但是中间却被一堵墙隔开，而他们无法穿过这堵墙。

加德是恐怖主义课程的指挥官，但却是其他的蒙面教官教我们如何使用手枪、机关枪和手榴弹。我们还学会了如何有效地使用匕首，如何无声地勒死一个人，以及如何从任意的牢房中逃脱。

　　该课程长达六周。加德每天会花两个小时向我们讲述"运动"的方针。"运动"的目标是：赶走英国人；其方法是：恐吓、恐怖主义以及死亡。

　　加德确信："当英国意识到想留在巴勒斯坦就必须付出血的代价时，它对巴勒斯坦的占领就将结束。这一点我是十分确定的。虽然这是不公正、非人道以及十分残酷的，但是我们没有别的选择。世世代代以来，我们都想变得更好，比那些迫害我们的人更纯洁。然而你们都知道结果是什么：希特勒和他在德国建立的灭绝集中营。好吧，我们已经厌倦了比那些声称正义的人更加正义。当三分之一的犹太人被纳粹消灭的时候，他们没有要求伸张正义。当犹太人被杀时，所有人都缄默不言。在犹太人长达两千年的历史中，这种情况屡见不鲜。因此我们犹太人不能指望任何人，只能依靠自己。如果必须变得不公正与非人道才能赶走那些对我们不公正和非人道的人，我们就会这样做。犹太人并不喜欢播种死亡。直到现在，相较于刽子手，我们始终偏爱受害者的角色。"不可杀人"[1]——这一诫令起源于巴勒斯坦的一座山顶上，随后为人类所知。犹太人是唯一遵从这条诫令的人，但是如今我们将不再遵从这条诫令，而要变得和其他人一样。我们将视死亡为职责而并非任务。在未来的几天、几周、几个月里，你们只能想：杀死那些使我们成为杀人犯的人……杀了他们，我们才能重新成为人……"

在课程的最后一天，一个蒙面的陌生人出现了，他向我们讲述"运动"的第十一条戒律：恨你的敌人。这个陌生人声音柔和、羞涩并且富有浪漫主义色彩。我猜想他或许就是"长者"。虽然我对此并不确定，但是他所说的那几句话让我们激动不已，内心充满燃烧的热情。在陌生人离开后的很长一段时间内，我仍然能感受到他的话语在我内心深处激荡。多亏了他，我进入了弥赛亚的世界，在那里，命运拥有一张蒙面乞丐的脸，任何的行为与眼神都是有意义的。

---

[1] "不可杀人"：犹太教摩西十诫第六诫。

我想起老师有一天解释第六诫时所说的话："为什么人不应该拥有杀生的权利呢？"他解释道，"因为通过杀戮，人就变成了上帝。而我们没有权利太容易地成为上帝。"

我想："好吧，如果我们必须成为上帝以改变历史进程，那么我们会的。我们将看看这是否容易。不，这并不容易。"

第一次参加行动时，我不得不付出超出常人的努力来克服自己的恶心感。

我觉得自己很恐怖。

我用过去的眼睛来看自己。我想象自己穿着制服，穿着深灰色的制服，穿着党卫军①的制服。

第一次……

---

① 党卫军（Schutzstaffel）：为德文 Schutz（护卫、防护、亲卫）与德文 Staffel（团队、编群、队伍）的组合词，普遍简称为 SS，德国纳粹党特工和军事组织。

……这些士兵像醉酒的松鼠一样奔跑，寻找树木或荫蔽处。他们看起来仿佛没有头和手，只有腿。那些腿在奔跑，如同被酒精和痛苦浇灌过的松鼠一般。而我们在那里用火圈将他们包围起来，使他们无法逃脱；我们拿出随身携带的机枪，所射出的子弹就像是一堵燃烧的墙。伴随着痛苦的叫喊声，那些人的生命都被这堵墙摧毁。直到生命的最后一天，我仍能听到这些叫喊声。

六个人参与了这次行动。我不记得其他五个人是谁。但我知道加德不在其中。因为那天他一直待在学校，仿佛想借此证明他对我们的信心并告诉我们：冲吧。如今没有我在场，你们也能应付。所以他留在学校，而我和五个同志前去杀人或被杀。

"祝你们好运，"加德边与我们握手边说道，"我就留在这里等你们回来。"

这是我第一次被选中参与行动。我知道，当我回来时（如果我能回来），我将不再是原来的自己。我可能会遭受火焰与鲜血的洗礼。虽然知道会有不同的感觉，但我并不知道这种不同会让我想要呕吐。

我们的任务是袭击一个从海法到特拉维夫的公路上的军事车队。确切位置是在公路的弯道处，靠近赫德拉村；时间是下午晚些时候。

我们装扮成下班回来的工人，比计划提前半小时到达现场。其实不应该来得太早，因为这样会有引起他人注意的风险。

我们在弯道的两侧都埋下地雷，并按照计划占据攻击位置。一辆汽车在五十米外的地方等着我们，它将把我们送到佩塔提克瓦，在那里会有另外三辆汽车会把我们分别送回基地——"学校"。

军事车队准时到达，共三辆敞篷车，大约二十名士兵。风吹拂着这些士兵的头发；太阳光洒在他们的脸庞上。

当车队来到弯道时，为首的第一辆车触发地雷爆炸。另外两辆车立刻停了下来，刹车发出尖锐的"抗议声"。

士兵们从车上跳下来，而这时我们从具有优势的位置向他们开枪。

这些士兵低着头向四面八方跑去，但是射出的子弹就像是一把巨大的镰刀砍断他们的双腿。他们摔倒在地，并发出惨痛的喊叫声。

这一幕仅持续了短短六十秒。随后我们便有序地从现场撤退。一切都进行得十分顺利。这是一次成功的行动。

加德在学校里等着我们。在我们汇报行动的情况后，他的脸上露出了笑容。他为我们感到骄傲。

"太棒了！"他极其高兴地说，"'长者'听到消息后甚至不相信自己的耳朵。"

就在这时，我的胃突然涌上了一股恶心感。我又看到那些像醉酒的松鼠一样奔跑的腿，这令我感到十分惊恐。

我回想起波兰犹太人区的德国党卫军士兵。他们就是以这样的方式日日夜夜地屠杀犹太人。到处都有几把机枪；军官在笑或用餐的同时，突然发出一句简短的命令："开火"。随后火焰的镰刀便开始砍下犹太人的头和腿。其中一些人试图冲出包围圈，但只是头撞到了燃烧且无法通行的墙上。他们不停地奔跑，就像是被酒精和痛苦灌醉的松鼠；而突然间，死亡砍断了他们的双腿……

不，成为上帝并不容易；尤其是这一目标的实现需要我们穿上深灰色的党卫军制服。

但是这总比处决人质容易。

在第一次以及随后的行动中，我并不是独自一人。我曾经都是和团队成员一起杀人，自己从未单独做过。但是这次我将独自处决约翰·道森。我会看着他的脸，他也会看到我的脸并发现上面布满眼睛。

"别担心，以利沙，"加德说道。他在关闭收音机后盯着我看了很长一段时间。"这是一场战争。"

我本想问他上帝与战神是否也穿着制服。但我更愿意保持沉默。我想：上帝不穿制服。他更像是抵抗运动中的一名战士，是一名恐怖分子。

宵禁前几分钟，伊拉娜来到我们所在之处，其身后跟着两名保镖约押和吉东。

伊拉娜对于戴维的事情感到悲伤和焦虑，她比以往任何时候都更美丽，仿佛用棕色大理石雕刻而成的面容，纤细而精致，还带有一丝温柔与令人心碎的悲伤。她身着白色上衣与灰色长裙，嘴唇比平常更苍白。

加德说："你今晚的节目令人难以忘怀。"

"是'长者'写的稿子。"伊拉娜回答道。

"我说的是你的声音。"

"我的声音也是长者所'写'的。"

她坐进扶手椅，看起来十分疲惫。

"我今天看见他哭了，"她沉默了一会儿后说，"我想他应该经常哭泣。"

我内心想道："他很幸运，还有哭泣的机会。哭的人知道总有一天他不会再哭泣。"

约押给我们带来了特拉维夫市的最新消息：所

有人都在焦虑地等待。民众们十分害怕并且担心自己会遭到报复。当地所有的报纸都发刊呼吁"长者"放弃处决约翰·道森。在街道上，人们谈论更多的是约翰·道森，而并非戴维·本·莫西。

"这就是'长者'哭的原因，"加德边说边弄起那缕总是落在他额头上的卷发，"犹太人尚未摆脱遭受迫害时的本能反应。勇敢的举动让他们感到害怕。"

约押接着说："英国政府召开内阁会议。纽约的犹太复国主义者在麦迪逊广场花园举行大规模的抗议活动。而联合国对此事表示关切。"

"我希望戴维能知道这些。"伊拉娜说道。她的脸色苍白，甚至有一点发青。

"刽子手肯定会告诉他的。"加德说。

我理解他的痛苦与愤怒。戴维是他从小玩到大的朋友。他们两个人在同一天加入了这场"运动"。加德直到戴维被捕后才告诉我这件事。在此之前，将私事告诉身边的同志被视为不谨慎的举动。我们知道的越少越好。这是所有秘密行动所遵循的首要原则。

戴维受伤的时候，加德在场。他是那次行动的指挥官。用我们的话说那次行动是一次"安静行动"。

但是英国军队的哨兵毁了一切。

是的，勇敢却愚蠢的哨兵毁了一切。正是由于他，戴维明天一早就要被绞死。虽然这位士兵受伤并且痛苦地抽搐着，但是他仍然爬在地上（因为腹部中弹）开枪射击，白痴！啊，世界上没有什么比勇敢的傻瓜更危险的！

……那天晚上，一辆军车停在巴勒斯坦南部盖代拉市附近的红色贝雷帽伞兵营地入口处。军车内有一名少校与三名士兵。

"我们来取武器，"少校对哨兵说，"预计今晚会有恐怖袭击。"

哨兵对少校递给他的文件进行检查。一切都符合规定。

哨兵在将文件还给少校的同时，低语道："是的，那些恐怖分子猪。"

"来吧，少校。你们可以进来了。"

哨兵升起阻止通行的栅栏。

少校说："谢谢，请问军火库在哪里？"

"直走，然后向左拐两次。"

汽车向前行驶，随后向左转了两次弯，最后停在一座石制建筑前。

少校说："我们到了。"

车内所有人纷纷下车。一位中士前来给他们开门。他看到少校后，立刻致以军礼。少校也向他致敬，然后递给他一份文件——上校签署的命令：将五把机关枪、二十支步枪、二十支左轮手枪以及相应的弹药交给搬运者。

少校用一种高傲的语调解释道："我们预计恐怖分子今晚会发动袭击。"

"是的，那些恐怖分子猪。"中士咕哝道。

"我们赶时间，"少校强调，"您能给我们提供所有这些武器吗？"

"当然，"中士点点头，"我明白你们赶时间。"

他告诉三名士兵机枪、步枪、左轮手枪和弹药的位置。装载这些武器上车仅仅花费了几秒钟。沉默的士兵们迅速且高效地进行着搬运工作。

当装载完成后，中士说道："我遵守了命令。"

少校回答："当然，中士。"随后他坐上了车，这辆军车立刻启动出发。

在营地出口处，哨兵向他们挥手致意。正当他要升起通行栅栏时，小屋内的电话发出响声。他向少校致以歉意，然后回到屋内接听电话。车内的少校与士兵们极度不安地等待着他的归来。

"很抱歉，少校，"哨兵回来时说，"中士有事找您。他说因为您给他的军需品订单不清楚，所以想见您一面。"

少校从军车上下来了。

"我要和他通电话。"他告诉那位哨兵。

当哨兵转过身来准备进入小屋时，少校一拳打在他的颈背上。哨兵一声不吭地倒下。加德走近通行栅栏将它升起，并示意军车司机往前行驶。

就在这时，哨兵恢复了意识并开枪射击。达恩朝着哨兵的肚子开了一枪。加德跳上车喊道："快走！快点！"

虽然腹部受伤，但是这位哨兵仍然继续射击。他一枪击中了军车的轮胎。加德冷静地决定更换轮胎。

"戴维和达恩，掩护我们。"他平静而肯定地说道。

戴维和达恩抓起两挺刚拿到的机关枪，跳到地上。

整个营地都察觉到这里的情况。各处都传来命令的声音，随后是枪声。换轮胎必须迅速完成，每一秒都是宝贵的。

在戴维和达恩的掩护下，加德更换了轮胎。但是他们随后遭受到敌方机枪的猛烈攻击。加德决定必须带走这些武器。

"戴维和达恩，"加德低声说，"你们留下吸引火力。我们暂时先出发。你们努力坚持三分钟，这将为我们争取逃跑的时间。三分钟后，你们也赶紧逃！试着去盖代拉。我们在那里有可靠的朋友，你们也认识他们。"

"我认识他们，"戴维边开枪边加德说道，"快走吧！"

武器最终幸免于难，而戴维和达恩却没有。达恩被敌人杀死，而戴维则负伤被捕。

啊，没有什么比一个腹部中枪的哨兵更危险的了！

伊拉娜说："戴维曾经是那么出色。"她已经开始用过去式谈论戴维。

"我希望刽子手知道这一点。"加德反驳道。

我理解他的愤怒，甚至羡慕他拥有这种情感。你们失去了一个朋友，这会使你们感到痛苦。但是当你们每天都失去朋友的时候，所感受到的痛苦就会减弱。我曾经也失去过一些朋友。有时候，我觉得自己的过去仅仅像是一座墓地。实际上，这就是为什么我会跟随加德成为一名恐怖分子：因为我没有朋友可以失去。

"据说刽子手总是戴着面罩。"默默地站在厨房门口的约押突然说了这句话。我想知道这是不是真的。

"我也这样认为,"我说,"是的,刽子手会戴着面罩。人们只能看到他的眼睛。"

伊拉娜站起来,走近加德,轻轻而又悲伤地抚摸他的头发,低声说:"别担心,加德。这是战争。"

在接下来的一个小时里,所有人都一言不发。他们都在思念戴维·本·莫西。戴维在白色死囚牢房中并不孤单,因为他们所有人都和他在一起,除了我。我并没有在想戴维。只有在别人谈到他时,我才会想到他。当他们沉默时,我的思绪便转向了另一个人,一个我不太了解但即将认识的人。是的,那天晚上,我所想的"戴维",其名字和面孔所对应的都是那位英国上尉——约翰·道森。

我们围坐在桌旁,伊拉娜端来了热茶。很长一段时间内,我们几个人默默地喝着杯子中的茶,凝视着金黄色的液体，似乎在努力探索沉默的未来和造成沉默的事件的意义。

为了消磨时间，我们开始讲述以死亡为主题的回忆。

"是死亡拯救了我的生命。"约押说道。

他有着年轻、纯洁而又饱受摧残的面孔，模糊困惑的黑色双眼以及花白的头发。约押每天都很困倦，在任何时候都不停地打哈欠。

他继续说："我是被一个邻居告发的，他因为自己的和平主义信仰而反对我们。于是我躲进了一间疯人院避难，其院长是我的一位老同学。我在那里待了两周。但是，警察还是成功地找到了我的踪迹。他们问院长：'他在你们院里吗？'院长承认道：'是的。你们以为他会在哪里？他病了。''他究竟怎么了？得了什么病？'院长回答说：'他以为自己已经死了。'两名警官提出想要见我。于是我被带到院长办公室，已经有两名领导反恐斗争的警察在那里等着我。他们和我说话；我没有任何回应。他们问我问题；我无视他们。

尽管如此，那两名警官还是不相信我疯了，于是他们不顾院长的反对，将我带到警察局进行了两天两夜的审问。所以我就一直装死人，并且装得很好。我拒绝进食与喝水，因为死人也不吃不喝。他们打我的手，扇我巴掌，可我没有喊叫，因为死人既不会感到痛苦也不会喊叫。两天两夜后，我又被送回了疯人院。"

当我听到约押讲话时，我想起了自己的一些事情；事实上，我曾多次听到其他同志们谈论约押，说他是"疯子"。

"这真的很有趣，"他说道，"是死亡救了我的命。"

我们沉默了片刻，仿佛在向死亡致敬。它不仅拯救了有着纯洁却饱受摧残面孔的约押，还给了他"疯子"的外号。

约押又说："几天后我离开疯人院的时候，才发现自己的黑发全白了。"

我肯定地说道："这是死亡的爱好，它喜欢改变头发的颜色。死亡没有头发，它只有眼睛。它到处都是眼睛。而上帝是没有眼睛的。"

"是上帝使我免于死亡。"吉东说。

我们之所以称吉东为圣人。首先是因为他曾经是一名圣徒，其次是因为他看起来像。吉东是一个二十来岁的年轻人，他个子高大，几乎不说话，总是站在最不显眼的地方不停地低声祈祷。他蓄着胡子，身穿茅草制成的衣物，出行时口袋里必装有一本圣书。他的父亲是一位拉比。当他得知儿子决定成为恐怖分子后，他同意了儿子的决定并赐福于他。有时，吉东的父亲会低声地说：仅仅是言语和祈祷还不足以战胜邪恶。宽恕之神也是战争之神。我们不会用言语来打仗。

吉东重复道："是上帝拯救了我的生命，是他的眼睛使我免于死亡。我与约押一样，也曾被警察逮捕，遭受过各种不可名状的折磨。他们扯掉我的胡须，烧掉我的指甲，还朝我的脸吐口水。他们要求我承认曾参与袭击高级专员。尽管很痛，但我没有说话。他们不断地伤害我。我不止一次地想尖叫，但最终选择保持沉默。因为我对自己说：上帝在看着我，他的双眼注视着我，我不能让他失望。警察不停地说话和喊叫。

而我在想被这些所有苦难所吸引的上帝与他的眼睛；我一直缄默不言。最终由于缺乏指控证据，警察只好将我释放。如果我认罪的话，那么将会被判处死刑。"

我补充道："那样的话，上帝会闭上他的眼睛。"

伊拉娜又给给我们的杯子斟满茶。

"那你呢，伊拉娜？"我问她，"是什么救了你的命？"

"一场感冒。"

我笑了出来，但是其他人并没有这样做。我的笑声听起来沙哑又虚假。

我重复了一遍，说："一场感冒？"

"一场感冒，"她用很严肃的语气对此表示肯定，"英国人并不知道我的外貌特征。他们只认识我的声音。有一天，他们逮捕了包括我在内的一百名妇女，并将我们带到警察局。在那里，他们只要求我们说话。一位音效师将我们的声音与"自由之声"的神秘播音员进行对比。巧合的是，当时我正好感冒。最终四名妇女被拘留做进一步的审讯，而我则被释放。"

我再次想笑，但其他人仍旧表情严肃，不言不发。我心想：一场感冒有时比信仰或勇气更有用。

现在我们都望向加德；他紧握住杯子，好像要将它捏碎。

"我，"加德说，"我想我欠三个英国人一条命。"

他将头靠在右肩上，双眼凝视着茶杯，似乎只是和正在慢慢冷却的沸水说话。

"一切都发生在'运动'开始的时候。'长者'劫持了三名人质。这背后的原因现在并不重要。他们三个都是中士。我奉命处死其中任意一个。因此我不得不进行选择并且亲自指定谁是受害者。那时我还很年轻，和以利沙差不多大。这种强行施加的角色让我饱受折磨，不知所措。我拒绝成为审判者。刽子手：可以；审判者：不可以。但那晚，我联系不上'长者'，所以我甚至不能告诉他我拒绝施刑或者向他解释。我只知道其中一名人质必须在黎明时分死去。哪一个呢？最终，我找到了解决办法。我来到地下室，对三名中士说了几句话，命令他们自己指定受害者。我对他们说：'如果你们拒绝的话，那么三个人都会被枪毙。'他们没有拒绝而是进行了抽签。黎明时分，一颗子弹击中牺牲者的颈背。"

我不由自主地看着加德的手，那是一只朝他人颈背开枪的手；接着，我又仔细地望着他的脸，那是一个杀死他人并冷漠（几乎无动于衷地）地谈论此事的人的脸。他是否在金黄色且再次凉下来的茶水中，凝视着被他处死的中士的脸？

"但是如果中士们拒绝抽签，"我问他，"那会发生什么？"

加德更加用力地握着杯子，好像他试图用手指将它捏碎一般。

"我想我会自杀的，"他低声地回答道。沉默片刻后，他又说："我跟你们说了，当时我很年轻，也很脆弱。"

随后，所有人的目光都转向我。这次轮到我发言了。我喝了口极其苦涩的茶水，擦了下满是汗水的额头，然后说：

"是笑救了我的命。事情发生在冬季的布痕瓦尔德，我们身上穿着破烂的衣服，每天都会有数百人被冻死。早晨的时候，我们都必须离开营房，在雪地里等待内部被打扫干净。清洁工作通常持续两个多小时。有一天，由于生病而变得非常虚弱的我决定藏在大楼里。因为如果出去站着，我就会死在风雪中。清理工作开始后，我很快便被发现了。清洁工人们将我拖到营房的一位副长官面前。他什么也没问，就一把掐住我的喉咙，用一种平静或是冷漠的语气对我说：'我要掐死你。'而他确实开始用两只钢铁般的手挤压我的喉咙，更准确地说，是杀死我。在那一刻，我极其虚弱，甚至没有试图挣脱他的控制，也没有做出丝毫的反抗，内心想着：'好吧，这就是结局。'我能感觉到血液涌到头部；我的头开始过度肿胀，很快便是正常大小的五倍、十倍甚至百倍。我的头变得非常宽大和肿胀，以至于我看起来像奇怪的漫画角色，一个可怜的小丑。我觉得我的脑袋随时都会爆炸；它很快就会变成一个气球，发出一声可笑的'砰'声，然后变成碎片，就像孩子们在夏天玩的彩色气球一般。正在这时，副长官看了一眼手中握着的那个'气球'，这种场景对他来说是如此的滑稽可笑，于是他松开手，笑了起来。随后的一整天内，副长官一直在笑。他因为笑得太厉害而忘了要杀我。我就是这样逃过一劫的。因为一个杀人犯的幽默感而活下来，这很有趣，不是吗？"

我本以为他们都会盯着我看，想看我的头是否已经恢复到正常的大小，但他们什么也没做，而是继续凝视着在此期间已经变凉的金黄色茶水。

随后的片刻内，没有人开口说话。我们不想再说话，不想再大声地回忆过去，也不想听别人讲述他们的生活与焦虑。

我们坐在桌子旁，心神不宁、沉默不语。我想我们每个人都会问自己这样一个问题：真正拯救我生命的是什么？

吉东打破了沉默的局面。

他建议道："我们应该给那个英国人带点吃的。"

我心想：吉东一定也很伤心，因为他想到了约翰·道森。如果没有想到这位英国上尉，我们是不会难过的。我敢肯定戴维也会想到他。

"他不饿，"我反驳道，"一个即将死亡的人不会饿的。一个将要杀人的人亦是如此。"这句话是我为自己说的。

我准是用一种奇怪的语气说的这话，因为他们突然全都抬起头来。我能感觉到他们的目光，并且内心和他们一样惊讶。

"不！"我固执地说，"一个要死的人是不会饿的。"

他们一动不动。他们在那一瞬间愣住了，而这所持续的时间长于这一瞬间。

"死刑犯的最后一餐，"我大声地说，"这就是一个笑话，还是对即将来临的死亡的嘲笑与侮辱。人们并不在乎自己是否空腹而死。"

加德惊讶地看着我；伊拉娜向我投来温柔的目光，而"圣人"（吉东）则友好地看着我。"疯子"（约押）并没有在看我，他沉默不语，双眼低垂，但也许这就是他看我的方式：低垂着眼睛。

吉东说:"他不知道。"

"他不知道什么?"

我不知道为什么会大喊大叫。是为了听见自己的喊叫声,或是让自己愤怒,或是为了看到自己喊叫时在墙上与镜子中的映像。也许是因为我软弱的性格。我感觉自己无力改变任何事情,甚至是我自己。我本想改造自己的房间以及重新进行创作。我本想让"圣人"成为一个疯子,给加德取名为约翰·道森并将他的命运赋予戴维。但我知道我做不到。为了要做到一切,我将必须替他人死去,而且还是代替不饿的约翰·道森,因为我也不饿。

我更大声地重复道:"他不知道什么?"

"他还不知道,"吉东用极其温柔而痛苦的声音向我解释道,"他还不知道自己会死。"

"他的肚子知道,"我很肯定地说,"一个即将死去的人只会听从自己的肚子。在这一点上,他很像一个乞丐。他无视自己以及你的内心,更别说他的过去,还是你的过去。他甚至不会听天空或暴风雨的声音。

他只听从自己的肚子，而他的肚子证实了他将死去，因为他不饿。"

我说话的速度太快，声音太大，以至于自己喘不过气来。我本想离开这个房间，但所有人的目光都紧紧地盯着我。死亡守卫着所有的出口。眼睛无处不在。

"我要去地下室了，"吉东说，"我会问他是否饿了。"

我说："别问他。通知他，只需要简单地通知他，明天黎明，当太阳从燃烧、血红的地平线上升起时，他——约翰·道森将与自己的生命与肚子说永别。你告诉他，他会死。"

吉东慢慢地站起来，并没有离开我的视线，然后他走到厨房，准备下楼去地下室。他在门口停了下来。

"我会告诉他的，"吉东向我保证道。他的脸上露出微笑，但很快就消失了。他转过身，我听见了他下楼的声音。

我很感激他。因为是他而不是我去告知约翰·道森他的死期。我做不到。杀死一个人要比告诉他"你将会死去"容易得多。

约押说："现在是午夜了。"

我心想：午夜是亡者从坟墓中醒来，前往教堂祈祷的时刻；是上帝为圣殿[①]的摧毁而哭泣的时刻。而人则能在午夜时进入自己内心的最深处，如果进入得够迅速、够深，他就会在那里看到已经成为废墟的圣殿，哭泣的上帝以及正在祈祷的亡者。

伊拉娜低声说："可怜的孩子！"

她并没有看我。不，她没有在看我，她的眼睛也没有盯着我，而是她的眼泪。伊拉娜的眼泪掠过我的脸。我感觉自己被她的眼泪注视着、触碰着、爱抚着，而并非是她的眼睛。

"伊拉娜，请不要这样说。别叫我'可怜的

---

① 圣殿：古犹太人宗教和政治活动的中心。在耶路撒冷。相传公元前 10 世纪为所罗门王所建，后被巴比伦人焚毁。前 6 世纪重建，前 1 世纪末由希律王扩建。公元 70 年又被罗马人所毁。在被罗马人拆毁之前，按犹太教规，各地犹太人每年须到圣殿献牲守节。

孩子'。"

　　她眼里含着泪水。不对，伊拉娜的眼睛被眼泪所取代了，她眼眶里的泪水越来越大，变得更厚、更不透明、更重。我突然害怕不幸随时会发生：伊拉娜可能在瞬间内就消失了。这个棕色头发、悲伤的女孩会被自己的泪水淹没。我本想摸摸她的胳膊，对她说："别哭了。你想说什么就说什么，但不要哭。"

　　但是伊拉娜并没有哭。人必须有眼睛才能哭。伊拉娜并没有。她有眼泪而不是眼睛。

　　"可怜的孩子！"她又说了一遍。

　　随后不幸的事情发生了。伊拉娜消失了，而凯瑟琳替代了她的位置。我想知道凯瑟琳来这里做什么，但她的出现并没有让我感到太惊讶。她喜欢和男人在一起，尤其是那些想着死亡的小男孩。她喜欢和男孩谈情说爱，因为那些即将死去的男人是小男孩，所以她也喜欢和他们谈情说爱。这就是为什么她会出现在那间神奇的房间里。之所以说房间是神奇的，是因为它消除了受害者和刽子手、现在和过去之间的界限与差别。因此我才会说凯瑟琳的出现并不令人惊讶。

1945年我在巴黎认识了凯瑟琳。那时我刚从布痕瓦尔德来到巴黎；布痕瓦尔德是另一个神奇的集中营，在那里生者变成死人，未来化作乌云。

当时的我极其虚弱、疲惫不堪、饥肠辘辘。众多救援组织中的一个将我送去青年营，大约一百多个男孩和女孩在那里休养。营地位于诺曼底地区，那里的晨风和巴勒斯坦的一样大。

由于不懂法语，我无法和其他男孩和女孩交流。我与他们一起进餐，一起沐浴阳光，但却无法和他们沟通。

只有凯瑟琳偶尔跟我说几句话。那是因为我们会一种共同的语言：德语。

有时她会走近我坐在餐厅里的桌子，问我睡得好不好，心情如何以及是否喜欢营地的生活。

她比我年长得多：二十六七岁。个子不高，身体孱弱，皮肤白皙，一头柔软的金发闪耀着阳光似的光芒。她的双眸是梦幻的深蓝色，并且不会流泪。她椭圆形的面孔看上去很瘦，骨感明显，但却十分精致。

凯瑟琳是我一生中第一个近距离接触的女人。在此以前（战争前），我不会去看女人。在街上，去学校或者教堂的途中，我蹭着房屋的墙壁，低头走路，不会看到女人。但是我知道女人的存在，甚至明白她们存在的理由。然而，我却不知道她们有身体、胸部、双腿、嘴巴与手；并且当她们接触你时，心跳会加速。所有这一切都是凯瑟琳让我发现的。

营地坐落在一片树林的边缘，晚上吃过饭后，我喜欢一个人在那里散步，和与树私语的风交谈，一边看着天空变得比蔚蓝更蓝一边冥想，总之，我喜欢独自待着。

某天晚上，凯瑟琳问我是否能一起前往森林散步。由于性格腼腆，我同意了她的请求。我们默默地并肩走了半个小时或一个小时。起初，这种沉默让我感到不安；后来，我发现自己喜欢上了这种安静的氛围。两人的沉默比一人的沉默要更加强烈，甚至更加深刻。不经意间，我开始和她交谈。

"看看天空，"我告诉她，"它开放了。"

她将头往后仰，照我说的做了。天空确实变得开阔。起初，星星被看不见的风吹散，开始缓慢地远离天空的中间。右边的星星向右方移动，而左边的则朝着左方"跑"得更远。最后中间出现一片空隙。随着其范围的扩大，这片耀眼的蓝色空隙变得更加深邃、纯粹和简洁。

"看，"我对凯瑟琳说，"你仔细看看。其实天空尽头什么都没有。"

她仰头看了看，什么也没说。

我又说："这就够了，我们走吧。"

我们又开始散步，期间我向她讲述了"敞开的天空"的传说。童年的时候，年迈的老师曾告诉我，天空会在有些夜晚敞开，让一些不幸的孩子们的祈祷得以传递。其中的某个夜晚，一个小男孩的父亲即将逝世，他对上帝说："哦！上帝，我年纪小，还不知道如何祈祷。但是我还是想向您祈祷，恳求您医治我生病垂死的父亲。"上帝答应了小男孩的请求，于是他的父亲便痊愈了。而这个孩子成为祷告者，升入天堂，并将永远地留在那里。从那时起，我的老师就告诉我，上帝有时会在孩童的脸上现身。

"这就是为什么，"我对她说，"我希望看到天空敞开。我想看一看那个小孩。但是你也看到了，天空的尽头什么都没有，更没有那个孩子。"

就在那时，凯瑟琳说了整晚的第一句话："可怜的孩子！……我可怜的孩子！"

我心想：她正在想那个孩子。因为想到那个孩子，她才说出："可怜的孩子！"我也因此而爱上了她。

从那晚开始，她便经常陪我一起去树林里。她问我一些有关我自己的问题，关于我的童年以及过去。但是我并没有回答所有的问题。

有天晚上，她问我为什么要和营地的男孩和女孩保持距离。

我回答："我听不懂他们说的语言。"

她说："有些女孩懂德语。"

我回答："我和她们无话可说。"

"你不必和她们说话，"她笑着说，"你需要爱她们。"

我不明白她说的是什么意思，只好将自己的疑惑告诉她。

她脸上的笑容变得更加明显，并开始和我谈论起爱情。她说了很多，也说得很有道理。"爱情是这样的，爱情是那样的；人是为爱而生的；男人只有在爱的时候，在他找到他所爱的或者应该爱的女人时，才是活着的。"

我回答说："我不知道什么是爱；我不相信爱的存在，也不相信它有权利存在。"

"我会向你证明的。"她向我保证道。

第二天晚上，凯瑟琳走在我左手边被干枯树叶覆盖的小路，她挽住了我的胳膊。起初我以为她是要靠着我。事实并非如此，她想要的是让我感受她的身体，她的温暖。接着，她假装说自己很累："坐在树下的草地上就好了"。我们一坐下来，她就开始抚摸我的头发、脸庞与嘴唇。随后她吻了我几次；她的嘴唇紧紧地贴着我的嘴唇，她灼热的舌头在我的嘴里燃烧。

接下来的夜晚，我们再次回到同一个地方，凯瑟琳继续和我谈论爱情、欲望和心灵的奥秘。她牵着我的手，把它放在自己的身体、大腿与胸部上。这时我才意识到女人有大腿，胸部和肚子以及双手，它们可以让人心跳加速，还能让人血液沸腾。

随后，最后的夜晚到来了。第二天，我将不得不启程返回巴黎，因为一个月的休养假期即将结束。

晚餐结束后，我们便立刻坐在树下，这将是我和凯瑟琳最后一次坐在这里。我感到悲伤和孤独。而凯瑟琳则握着我的手，什么也没说。夜晚美丽而静谧，有时一股温暖的微风吹来，拂过我们的脸庞，头发与背脊。

大约在凌晨一点，也许是两点，凯瑟琳打破了沉默，她将自己瘦削的脸转向我，悲伤地说道："现在我们要做爱了。"

这句话让我感到战栗。这是我第一次和她做爱。此前，我的世界里没有女人。我不知道说什么，也不知道做什么。我害怕自己说出不该说的话，做出不该做的手势或者动作。我感到十分尴尬，一动不动地等着她做些什么。

凯瑟琳的表情突然变得很严肃，她开始脱自己的衣服。当她脱下短袖衫时，我在星光下看见了她洁白如象牙般的乳房。接着，她脱掉其他衣服，赤身裸体展现在我面前。

"脱掉你的衬衫。"凯瑟琳命令我说。

我觉得自己好像瘫痪了。喉咙里仿佛有个铁球，而血管里塞了铅；胳膊和手指都不听使唤。我只能看着凯瑟琳赤裸的身体，从头到脚观察一遍以及注视着上下晃动的乳房。躺在草地上的那具身体发出的呼唤让我着迷。

"脱掉你的衬衫。"她重复道。

看到我一动不动，凯瑟琳开始给我脱衣服。她平静地将我穿的衬衫和短裤脱掉，然后又躺在草地上对我说：

"和我做吧。"

我跪了下来，盯着她看了很久，然后吻遍她的身体。她心不在焉地抚摸着我的头发，什么也没说。

我对她说："凯瑟琳，在和你做爱之前，我必须告诉你一些事情。"

她脸上的表情变得非常不安和痛苦，而树间的风也急躁起来。

"不！不！"她喊道，"什么也别说。和我做吧。什么也别说。"

我没有理会她的话，继续说道：

"在和你做之前，凯瑟琳，我必须告诉你……"

她的嘴因为痛苦而变得扭曲，树间的风似乎也开始变得痛苦起来。

"不，不，不！"她哀求道，"什么都别说。住嘴，住嘴！和我做吧，快和我做，什么都别说了。"

我坚持道：

"我必须告诉你，凯瑟琳，你赢了。我爱你！我爱你，凯瑟琳！"

她突然抽泣起来，并开始重复同样的话（从十几次到数百次）：

"可怜的孩子！……哦，我可怜的孩子！……"

于是我穿上衬衫和裤子逃离了那里。我已经明白了。她说这话时想到的并不是天上的那个小孩，而是我。

她和我谈论爱情，是因为她知道我就是升入天堂的那个祈祷的孩子。她知道我已经死了并且是以亡者的身份回到人间的。

这就是为什么她和我谈论爱情以及想和我做爱。是的，我明白了：她喜欢和即将死去的小男孩做爱；她喜欢和那些只想着死亡的人在一起。不。她今晚出现在巴勒斯坦，我并不感到惊讶。

伊拉娜最后一遍低声地说道："可怜的孩子。"随后，她深深地叹了一口气，这使得她的眼泪止不住地流，一直流，流到了时间的尽头。

突然间，我发现房间里很热，比以前热得多。我觉得自己快要窒息了。实际上，这很正常。因为房间又小又窄，无法同时接待这么多的来访者。从午夜开始，就不断有人来到这个房间。其中有我认识的人，也有我憎恨、钦佩和遗忘的人。当我环顾房间的时候，我看到所有帮助我塑造自我（最为持久的自我）的人都在这里。他们中有些人看起来很熟悉，而我却并不记得他们是谁，也无法将他们的脸与名字对上。但是我知道他们都曾陪伴我度过生命中的某一时刻。

当然，我的父亲与母亲也在这个房间里。那个乞丐、赫德拉村军事车队的英国士兵们以及我那位蓄着发黄胡子的老师也在这里。在他们的周围，有许多我的朋友、兄弟与同志，还有我从小就认识的人以及那些曾在布痕瓦尔德和奥斯威辛集中营生存下来与濒临死亡、怀有希望与亵渎神明的人。

我在父亲身边看到一个小男孩。他看起来很奇怪，就像是进入集中营前、战争前，或是很久之前的我自己。父亲对他致以微笑，而他则接过这个微笑，越过我和他之间的许多人，将它送给了我。

这下我明白了为什么会这么热。因为房间又小又窄，无法同时容纳这么多人。

我穿过人群，走到那个小男孩面前，对他的微笑表示感谢。我本想问他这些人来这里做什么，但我想这对我父亲很无礼。既然他在这里，我应该先和他谈谈。

"父亲，"我问他，"这些人来这里做什么？"

在我父亲身边的母亲，面色苍白，嘴里不停地小声说着："可怜的孩子，可怜的孩子，可怜的孩子……"

"父亲，"我再次说道，"回答我。你们来这里干什么？"

他用那双大眼睛看着我（在父亲的眼睛中，我经常看到天空敞开着），但却没有回答。

于是我转过身来，发现自己面对着年迈的老师，他的胡须比以前更黄了。

"老师，这些人今晚来这里做什么？"

我听到母亲在背后低声说着："可怜的孩子，可怜的孩子!"

"老师,"我重复道,"回答我。我求您了,老师。请您回答我。"

他也没有回答,甚至都没有假装听到我的问题。我对他的沉默感到害怕。我所认识的老师,在我需要他的时候总是会在我身边。曾经,他的沉默对我有好处,但是现在却令我感到害怕。我试图直视他的眼睛,但是其中就像是有两颗火球或者太阳一般,灼伤了我的脸。

于是我转身离开他,从一个来访者走到另一个来访者那里企图寻找答案,但我的存在使他们都沉默不语。

最后,我来到那个乞丐面前,他高大的身躯在这场奇怪的集会中十分显眼。他先张口和我说了话。

"今晚有很多面孔,不是吗?"

我感到疲惫不堪又极其痛苦。

"是的,"我用微弱的声音回答说,"今晚有许多面孔。但是我想知道原因。哦,乞丐先生,如果您是我所希望的那一位，那就请给我指点迷津，让我安心。告诉我所有的这些沉默、目光与存在的意义是什么。请您告诉我，乞丐先生，因为我无法再忍受了。我再也受不了了。"

他握住我的手臂，轻轻地按了一下，然后问道：

"你看到那边的小男孩了吗？"

他指向那个看起来像曾经的我的小男孩。

"是的，我看见他了。"我回答说。

"就是他，"乞丐说，"他会回答你的问题。去和他谈谈吧。去吧。"（如今我确信他不是个乞丐。）

我不得不再次从充满阴影与目光的人群中穿过，筋疲力尽、气喘吁吁地走到那个男孩面前。

"请你告诉我，"我恳求道，"告诉我，你在这里做什么？还有其他人？其他所有的人都在这里做什么？"

小男孩惊讶地睁开眼睛。

他问："你不知道吗？"

我回答说不知道。我不明白他是什么意思。

"一个人明天即将死亡，不是吗？"他询问道。

我向他承认确实有一个人会在黎明时分死去。

然后他又说："是你来处决他，这不是真的吗？

"是的，这是真的。我负责执行他的死刑。"

小男孩惊讶地说："你不明白吗？"

"不，我不明白。"

"其实很简单，"他感叹道，"我们是来看你的执行情况的。我们想看到你执行死刑，将自己变成一个杀人犯。你不觉得这很正常吗？"

"为什么这很正常？约翰·道森的死刑和你们有什么关系吗？"

"你是我们的总和，"小男孩对我解释道，他长得和我以前一模一样，"因此，某种意义上说，明天黎明我们也要处决约翰·道森。没有我们，你无法做到。你现在明白了吗？"

我开始明白了。一种绝对的行为，例如杀死他人，不仅是个人自己的事情，还涉及所有参与其自我形成的人。通过杀死一个人，我将他们所有人都变成了杀人犯。

小男孩重复道："所以，你明白了吗？"

"我明白了。"我回答说。

我的母亲仍在低声地说着："可怜的孩子，可怜的孩子！"她嘴唇的颜色比我老师的胡子更黄。

"他饿了。"吉东说道。

我没听见他上楼的声音。"圣人们"都有一个令人困惑的习惯，那就是做任何事情都不发出声音。他们走路、大笑、吃饭和祈祷都没有任何动静。他们甚至能发出没有声音的声音。

我质疑道："这不可能。"

我心想约翰·道森不可能饿。他即将死亡。一个要死的人是不会感到饿的。

"是他自己告诉我的。"吉东强调道。他看起来有点儿心烦意乱。

所有人的目光都聚集到我身上。伊拉娜不再哭泣，约押也不再盯着自己的指甲，加德则看上去很疲惫。

其他所有亡灵似乎都在等着我做些什么，而我并不知道那是什么，也许是一个手势，或是一声喊叫。

我问吉东："他知道了吗？"

"是的，他知道了。"过了一会儿，他又说："我告诉他了。"

"那他什么反应？"

对我来说，重要的是知道他的反应是什么。他是惊呆了，试图保持镇静还是开始叫嚷自己是无辜的。

"他笑了，"吉东说，"他告诉我说他已经知道了。他的肚子告诉他了。"

"他还和你说他饿了吗？"

吉东将紧张的双手藏在背后。

他重复道："是的，他就是这么对我说的。他说他饿了并有权享用最后一餐。"

加德笑了起来，但是笑声听起来很虚假。

"这就是英国人的冷静。"他说。

他的这句话回响在每个人的脑海中。但是却没有人开口接话。

父亲严肃地看着我，他的目光中流露出对我的提醒：一个人快死了而且他饿了。

"你必须承认，"加德说，"英国人的脸皮挺厚[1]。"其他人也没有注意到加德的这句话。突然间，我的肚子疼了起来，这时我才意识到自己一整天都没有吃东西。

伊拉娜站起来，走向厨房。

她说："我来给他做些吃的。"

我能听到她在厨房里忙碌的声音：切面包，打开冰箱以及煮咖啡。几分钟后，伊拉娜一只手拿着一杯煮好的咖啡，另一只手端着盘子回到了房间。

"给。"她说，"我能找到的就是这些：一个奶酪三明治与一杯黑咖啡，没有糖。"她沉默片刻后，接着说道："这顿饭很粗劣，但我无法做出更好的。"她又沉默了几秒钟，然后问道："那谁给他端去？"

---

[1] 原文为：Les Anglais ont de l'estomac，"ont de l'estomac"中的"estomac"本意为肚子或胃，该短语本意为"有肚子"；引申义为："有胆量""脸皮厚"。

站在我父亲身边的那个小男孩注视着我。他的眼睛传递出一种声音，而这个声音告诉我：

"去吧。给他拿点吃的。你知道的，他饿了。"

我对小男孩说："不，我不去。我不想见他。我不能看着他吃东西。以后我要把他想成一个从不吃东西的人。"

我本来想继续说自己的肚子饿得非常难受，但是我意识到这并不重要。相反，我坦率地说："我不想独自一人和他在一起。我现在不能去。"

"我们会和你一起去，"小男孩提议道，"我们和你一起去地下室。你知道的，不给饥饿的人提供食物是不对的。"

"是的，我知道。我当然知道。我总是向饥饿的人提供面包。乞丐先生，我没有吗？难道我没有给过您面包吗？但今晚不一样，我不能去给他送食物。"

"是的，"小男孩接着我的话说，"今晚是不一样；你今晚也不一样，或者更确切地说，你将会变得不一样。但是这与应该给一个饥饿的人提供食物毫无关系。"

"但是他明天就要死了，"我大声地喊道，"他在饱腹或饥饿的情况下死去，这有什么区别呢？"

"可是目前他还活着，"小男孩用一种教训的口气说。而我父亲也点头表示赞同。其他所有人都纷纷点头。"他还活着并且感到饥饿，而你却不给他任何食物。"

所有这些点头动作就像是被狂风卷走的黑色树木，让我不寒而栗。我本来想闭上自己的眼睛但却感到十分羞愧。人不能在自己父亲面前闭上双眼。

"好吧，"我以一种屈服的口吻说，"我同意了。我去给他送点吃的。"所有人的点头动作立刻停止了，仿佛所有的脑袋都在听从一支看不见的指挥棒。我重复道："好吧，我会给他送点吃的。但是在那之前，小男孩你告诉我。死人他们也会饿吗？"

小男孩再次露出惊讶的神情。

"你不知道吗？真的吗？……他们当然会饿。"

"那我们应该给他们食物吗？"

"这是什么问题！"小男孩喊道，"当然要给他们食物。只是这很难……"

亡灵们齐声重复道："这很难……很难……很难……"

小男孩看了我一会儿，然后微笑着对我说：

"我告诉你一个秘密。"他低声说道，"你知不知道亡者总是会在午夜时分从坟墓中起身？"

我肯定地告诉他，我知道这一秘密。因为有人曾经和我说过。

"那他们是不是也告诉你，亡者从墓地出来后全都来到犹太教堂里了？"

是的，这我也知道。他们也将这件事告诉我了。

"好吧，这确实是真的，"小男孩肯定地说道。沉默了一会儿之后，仿佛想突出即将发生的事情的戏剧性效果，他用更低沉的声音继续说道（低沉到如果不是在我身体内部，就听不见他的声音）："是的，他们午夜时分会在教堂里聚集，但并不是因为你所想的原因。你觉得他们是来祈祷的吗？不，他们是来吃……"

一切都开始围绕着我旋转：墙，椅子以及来访者
的头。他们按照既定的节奏起舞，没有使空气流通，
也没有让脚落地。我成了众多舞蹈圆圈的固定中心。
我本来应该闭上双眼，捂住耳朵，但我的父亲与母亲、
老师、乞丐和小男孩都在这里。当那些塑造你自我的
人在你身边跳舞时，你不应该闭上双眼以及捂住耳朵。

"把它（准备好的食物）给我，"我用命令的口吻
对伊拉娜说，"我去送给他。"

舞者们突然都停住脚步，就好像我是他们的指挥，
而我的话语如同一根指挥棒。

我向伊拉娜走去，她一动不动地站在厨房门口。
突然间，加德一跃而起，瞬间站到伊拉娜的身边。

他对我说："你别管了，我去把吃的送给他。"

他突然（近乎粗暴地）将杯子和盘子从伊拉娜的
手上扯下来，然后沿着通向地下室的楼梯跑了下去。

约押看了眼手表。

他说："已经两点多了。"

"只有两点多吗？"伊拉娜询问道，"今晚太漫长

了，这是我所度过的最漫长的一个夜晚。"

"是的，"约押同意道，"这真是一个漫长的夜晚。"

伊拉娜咬了咬自己的嘴唇。

"有时候，我觉得今夜永远不会结束并将一直持续下去。如同下雨一般。尤其是在巴勒斯坦，雨和这里的一切一样，象征着持久与永恒。我心想：今天下雨，明天就会下雨，那么后天、后一周，后一个世纪也会下雨。而现在我又会想：现在天黑了，那么明天、后天、后一个月，后一个世纪都会天黑。"

她突然安静下来，拿出放在上衣卷起的袖子里的手帕，擦去自己额头上的汗水。

她说："我想知道为什么这里这么热，尤其是在晚上的这个时候。"

"黎明时分会凉快些。"约押肯定地说道。

"希望如此，"伊拉娜说，"那什么时候天亮呢？"

"五点钟左右。"

伊拉娜问："现在几点了？"

约押又看了眼手表。

他回答说："两点二十分。"

"你不热吗，以利沙？"她转过头来对我说。

我回答说："不，我很热。"

伊拉娜回到餐桌旁坐下。我走到窗前，向外望去。这座城市看起来既遥远又不真实。整座城市沉浸在睡梦中，其中会有苦恼的梦、希望的梦，还有一些梦会在明天孕育出其他的梦。而这些梦将会催生出新的英雄，他们在夜晚生存，却将在黎明时分死去（自己死亡或是将他人杀死）。

"我很热，伊拉娜，"我大声地说，"我感到要窒息了。"

我不知道自己汗流浃背地在敞开的窗户旁站了多久，突然间，一只温暖、有力、令人安心的手搭在我的肩上：是伊拉娜。

她问我："你在想什么？"

"夜晚，"我回答道，"我总是在想夜晚。"

"还有约翰·道森？"

"还有他。"

城市某处的一扇窗户亮了起来，但是很快就暗下去：是一个想看时间的人或是一位母亲想知道孩子是否睡得香甜。

"刚才，"伊拉娜说，"你不想见他，是吗？"

"对，我不想看见他。"我回答说。

我想某天我的儿子会问我："你突然看上去很悲伤。怎么了？"我会告诉他："我之所以悲伤，是因为我见过名叫约翰·道森的英国上尉；有一天我的目光停留在他死亡时的脸上……"我想或许应该给他戴上面具。这样就能更容易地杀死和忘记他。

"你害怕吗？"伊拉娜问道。

我回答："是的，我很害怕。"

我本想接着说恐惧不算什么。我并不害怕它。恐惧只是一种颜色、装饰与处境。问题出在其他地方。

刽子手或受害者是否害怕并不重要。重要的是，他们每个人都在扮演着强加给他们的角色。刽子手和受害者是我们人生处境的两种极端。可悲的是，我们能发现自己所处的境地，但却仍然罔顾内心的自我。

"你呢？以利沙，你害怕吗？"伊拉娜坚持说。

我明白她问题的含义：以利沙，你害怕吗？你不仅在奥斯威辛与布痕瓦尔德集中营生活过，还不止一次见到上帝在人们口中死去，所以你害怕吗？

"是的，伊拉娜，"我重复道，"我害怕。"

伊拉娜不知道恐惧其实并不是这个故事的主题，正如死亡也只是故事的背景与时代特色一般。

她又问："你害怕什么？"

伊拉娜温暖有力的手仍然放在我的肩膀上。她的胸部离我的身体十分近。我可以感觉到她的气息洒在我的脖子上。她被汗湿透的上衣以及憔悴的面容。我想她并不明白为什么。

"我害怕他会让我笑出来，"我试图向她解释，"你知道的，伊拉娜，他可以让他的头膨胀起来，然后爆炸成碎片，而这只是为了让我自己笑。这正是我所害怕的。"

但是伊拉娜并不明白我的意思。她取出卷在袖子里的手帕，擦了擦我汗湿的额头和脖子。然后她轻轻地吻了一下我的额头，劝我说：

"你太折磨自己了，以利沙。人质不是小丑，他们不会让我们笑的。"

"可怜的伊拉娜！她的声音如真相一般的纯洁与伤感，既纯净又令人感到悲伤。但是她并不明白。她的目光仅仅停留在事物的映像之上，而看不见其本质。

"你也许是对的，"我无奈地说道，"毕竟是我们让他们笑。他们在死亡之后会笑的。"

伊拉娜开始抚摸我的头发，脖子和脸。我总能感觉到她的胸脯紧贴着我的身体。随后，她开始用那温柔、悲伤、纯净的声音和我说话，就像对一个生病时无人安慰或是倒水的孩子一样。

"你太折磨自己了，我的小家伙，你太折磨自己了，"她反复地说（她没有说"我可怜的孩子"，对此我很感激），"你不能这样，我的小家伙。你还年轻也很聪明。你只是在生活中遭受了太多的痛苦。这一切很快都会结束的。英国人会离开这个国家，而我们也将回到地上，过上正常、健康、简单的生活。将来你不仅会结婚，还会有孩子。你可以给他们讲故事，让他们开心地笑出来。你的孩子们会感到幸福，所以你也会幸福。我和你保证他们肯定会幸福的。有你这样的父亲，他们不可能不幸福……而那时你将早已忘记这个夜晚，这个房间，我和其他人……"

伊拉娜说到"其他人"时，她用手画了一个半圆。我想到我的母亲。她总是用一种感人而激动的语气说话，甚至会在几乎相同的地方和伊拉娜说同样的话。我爱我的母亲。每天晚上（直到我九岁或十岁），她都会来哄我入睡，给我唱摇篮曲或者讲故事。她肯定地对我说："你的床边有一只山羊。一只金色的山羊。它将陪伴你度过一生。这只山羊总会在你的身边，有时它会走在前面为你指明道路，有时它会跟在后面保护你。即便你长大成人，变得富有，知晓一个人所能知晓的一切，拥有一个人能拥有的一切，这只山羊还是会陪伴在你身边。"

"伊拉娜，你和我说话的时候，就好像你是我的母亲一样。"

我母亲的嗓音很优美，甚至比伊拉娜的更美。就如上帝的声音一般，我母亲的声音能够驱散混乱，让我看到一个可能属于自己的未来。这只山羊本应该指引我前往那里，而我却在途中将它弄丢了，更确切地说，是在布痕瓦尔德集中营那里。

"你很痛苦，"伊拉娜说道，"当一个人谈起自己的母亲时，这意味着他很痛苦。"

"不是的，伊拉娜。"我肯定地对她说，"此刻，她其实才是最痛苦的人。"

突然间，她的抚摸变得更轻，更遥远了。她开始明白了。阴影再次笼罩着她的脸庞。她沉默了许久，随后便和我一起凝视着夜晚，它从敞开的窗户向我们伸出黑色的双手。

伊拉娜说："战争就像是黑夜一样，笼罩着一切。"

是的，她开始明白了。我几乎感觉不到她的手指放在我的脖子上。

她接着说："我们告诉自己：我们正在进行一场神圣的斗争。我们斗争的目的是反对什么、争取什么；我们为了反对英国人而战，为了建立一个自由、独立的巴勒斯坦而战。这就是我们告诉彼此的。但是，以利沙，我很清楚话语只是给我们的行为赋予一种意义，一旦回到真实的或者说原始的层面，这种行为便具有血的颜色和气味。我们告诉自己：这是战争，就应该杀戮；于是便开始杀人。有些人用手杀人，比如你；另一些人则用自己的声音杀人，比如我。每个人都以自己的方式进行杀戮。但是我们还能做些什么呢？战争有其规则。否认战争的规则，就是在否认它的价值，而这就会让敌人获得胜利。我们不能这样做。这一次，我们需要一场胜利，一场在战争中赢得的胜利，我们需要借此生存并在这个时代维持下去……"

　　伊拉娜一次也没有提高自己的声音。就好像她在给自己讲故事，或是在给自己唱摇篮曲一样。

　　她以平静而近乎单调的语调说话，没有表现出任何的激情、兴趣，甚至绝望。

总体而言，伊拉娜说得很对。我们仍处在战争中，并有一个目标与理想。在我们与无限之间挡着一个敌人。因此有必要除掉这个敌人。那么怎么除掉呢？无论怎么做，方法并不重要。因为手段多种多样，人们很快便会忘记它们。但是结局不一样，它是独一无二的，重要且永恒的。伊拉娜也许是对的，总有一天，我会忘记这一切。但是亡者都会记得，因为他们不会忘记任何事情。在他们眼里，我将永远是一名刽子手。而世界上并没有上千种成为刽子手的方式，只有是或不是刽子手。我们不能说自己只会成为一个人、十个人、二十六个人的刽子手，也不能是一天或五分钟的刽子手。那些只杀过一个人的刽子手，将终生都是被杀死的那个人的刽子手。他可以选择另一种职业，以新的身份隐藏起来，但刽子手的身份，或者至少刽子手的面具将永远伴随着他。这就是问题所在——环境对主题的持久影响。战争让我成为一名刽子手；即便环境发生变化或是我出现在其他故事与场景中，我仍然保留着这种身份。

我对伊拉娜说："我不想成为刽子手。"我很快就说出了"刽子手"。因为我想摆脱它，这个词灼伤了我的嘴。

她回答道："谁愿意当一名刽子手呢？"她仍在抚摸着我的脖子，但我不知道为什么我觉得她抚摸的不是我的脖子，她汗湿的手指所梳理的也不是我的头发。世界上最美好的女人也会害怕触碰刽子手的皮肤，害怕抚摸一个永远被称为"刽子手"的男人的额头。

我瞥了一眼身后，想看看其他人是否还在那里。吉东和约押在打瞌睡，他们把头放在桌子上，用胳膊充当枕头。吉东似乎即使睡着了都在祈祷。加德还在楼下的地下室里。我想知道他在那里待这么长时间做了什么。而其他人，那些立体的亡灵，一直在倾听我们的对话，却并没有参与其中。我对此感到惊讶。就在这时，伊拉娜不说话了。

"你在想什么？"我问她。

她没有回答。过了一会儿，我又问了她一次。她仍然没有回答。

我和伊拉娜都沉默了。我身后的这群人也非常安静，他们的影子吸收光芒，使它变得黑暗、悲伤、忧郁以及充满敌意。这群人仿佛石化般静止不动，一句话也不说。

　　这种沉默使我感到恐惧。他们的沉默和我不同。他们冷酷无情，没有生命，没有未来。他们一动不动。

　　小的时候，我很害怕死亡，也害怕神秘的死者王国——墓地。亡灵周围的寂静使我感到恐惧。

　　我知道，他们在我身后紧紧地靠在一起，貌似是为了躲避寒冷而实际上是在审判。亡灵处于一个有限的世界里，除了审判之外没有别的事情可做；他们并没有生前或者死后的感觉，是无情的审判者。他们并非根据对自身的理解而是用自己的存在作为标准进行审判。

　　他们在我身后对我进行审判。我猜他们的沉默是在审判我的沉默。我本想转过身，看看他们一言不发的样子，但是一想到这些，我就感到极度不安。

　　我心想：加德很快就会回来。那时我就得去地下室了。不久之后，黎明就会到来，天也将亮起来，而这群人将在早晨的微风中消散。所以我不会动的。我要背对着他们，站在窗前，站在伊拉娜的身边，直到天亮。

一分钟后，我决定不这样做。因为我的父亲、母亲、曾经的那个乞丐、老师都在那里。我不能背对着他们，这将是一种侮辱。所以我只好转过身来面对他们。

我小心翼翼地转过身。房间里有两种光：一种白色的，另一种昏暗的。白光落在睡梦中的吉东与约押身上；而昏暗的光则来自那群亡灵。

伊拉娜站在窗前，沉浸在思绪或是对过去的后悔中。我从她身边离开，然后开始在房间里来回走动，在一张张熟悉的面孔以及那种熟悉的悲伤前驻足。我知道他们在审判我，这些面孔与悲伤都在审判我。他们虽然已经死亡但还是会感到饥饿。亡灵饿了，就会审判活人。他们是无情的，并不会等到杀人行为发生或是结束，他们将事先进行审判。

正是因为捕捉到小男孩的沉默（他眼睛里的沉默引起了我的注意），我决定和他们谈谈。这个小男孩看起来很焦虑，而这种焦虑使他变得更为成熟与年长。我想我会和这些亡灵谈谈。他们无权谴责这个小男孩。

当我走近父亲时，我看到他脸上所流露出的痛苦。我父亲在死亡天使到来前一分钟逝世；因此父亲躲过了死亡天使，成功地带走了他作为人的痛苦，他活着的痛苦。

"父亲，"我对他说，"请您不要审判我。审判上帝吧。是他创造了宇宙，是他使得正义必须通过非正义的手段才能获得；一个民族的幸福需要用眼泪来换取；一个国家的自由（就像人的自由一般）变成了死刑犯尸体上升起的一尊雕像……"

我站在父亲面前，不知道自己的双手、眼睛与头放在何处或是做些什么。我本想将体内的所有生命与血都注入自己的声音中。有那么一些时刻，我以为自己真的做到了。

我和父亲说了很久，告诉他一些他无疑早就知道的事情，因为是他教我的。我重复这些话，只是为了向他证明我没有忘记。

"请不要审判我，父亲，"我颤抖着、绝望地恳求他，"父亲，我并不是审判的对象，上帝才是。父亲，请您审判上帝。这一切都源于他，是他创造出这些事物和人的本来面目。父亲，请您审判他。你已经去世，而只有亡者才能审判上帝。"

但是父亲毫无反应。人类的痛苦在他瘦削、未刮胡子、发黑的脸上反而显得更加人道。因此，我从父亲身边离开，去和站在他右手边的母亲说话。

我无法和母亲说话。我十分痛苦，并且好像听到她低声地说，"我可怜的孩子，我可怜的孩子"，泪水逐渐涌满了我的眼眶。而我只能告诉母亲，她的儿子不是一个杀人犯，她没有生下一个杀人犯，而是一名士兵，一个自由战士，一个理想主义者；她的儿子为了人民，为了让他们有权享受阳光、幸福与孩子们的欢笑声，牺牲了比生命更宝贵的内心平静。这是我能用一种喘息、急躁和抽泣的声音对母亲所说的全部话语。

母亲也没有任何反应，于是我离开她，来到年迈的老师面前。在所有人中，他被死亡改变得最少，与在世时没有什么不同。他活着的时候，我们曾说他并不属于这个世界。然而现在，他仍然不属于这个世界。

"我没有背叛你，"我对老师说道，仿佛执行死刑这件事已经过去。"如果我拒绝服从命令，那就是背叛活着的朋友。生者对我们比死者拥有更多的权利。这是老师你告诉我的。《圣经》里这样写道：'你要拣选生命。'因此我选择了活着的人。老师，这不是一种背叛。"

耶拉希米尔①站在老师旁边。他曾是我的朋友、同学与兄弟。他的父亲是一名马车夫，而他本人则拥有耕耘者的双手与圣人的灵魂。我们是老师最喜欢的两个学生。他每天晚上和我们一起学习卡巴拉的奥秘。

---

① 耶拉希米尔（Yerachmiel）：意为爱上帝，男性所用的英文名，历史来源于希伯来语。

我并不知道耶拉希米尔已经去世了。在人群中看见他紧挨在老师身边时，我才知道他已经死了。不，耶拉希米尔并不是完全挨着老师，而是在他身后一些，以表示对老师的尊敬。

"耶拉希米尔，"我对他说，"兄弟，你还记得。"

我和他一起编织着令自己惊讶的梦想。根据卡巴拉的说法，如果一个人的灵魂足够纯洁，爱足够深刻，他就能带给我们弥赛亚。因此某天晚上放学回家的路上，我和耶拉希米尔决定对这种说法进行试验。我们深知其中的危险。没有人能在不冒生命危险的情况下强迫上帝的双手。比我们更伟大、更博学、更成熟的人都在试图将弥赛亚从未来的枷锁中解救出来时失去了生命；在失败的同时，有些人失去了信仰、理智，还有一些人甚至失去了生命。耶拉希米和我知道所有的危险，尽管一路上会有很多陷阱，但我们依旧决心坚持到最后。

我们告诉彼此，无论付出什么代价，两个人都要一起走。如果其中一人死亡，另一个应该继续前进。

实际上，我和耶拉希米尔已经开始为这一旅程进行深入的准备。我们净化自己的身体、思想与灵魂；白天守斋，晚上祷告。为了净化自己的嘴和说出的话语，我们尽可能地少说话，而到了安息日，我们则会保持绝对的沉默。

我们本来可以成功的，但是后来战争爆发了，我们被驱逐出自己的房子与城市。我最后一次见到耶拉希米尔时，他正走在一群犹太人的中间，他们将被押送到德国的集中营。一周后，我也来到德国，然而耶拉希米尔和我分别在不同的集中营内。我经常想，即使在集中营里，他是否还在继续我们共同的努力。现在我知道了：是的，他一直在继续，而且已经离开人间。

"耶拉希米尔，"我对他说，"兄弟，你还记得……"

他身上的某个部位已经发生变化：他的手。如今，它们是一位圣人的手。

"我们也还记得，"我看着他的手继续说道，"我和'运动'中的同志们，我们试图迫使上帝的手……像你这样的亡者应该帮助我们，而不是审判我们……"

耶拉希米尔沉默不语。他的手一动不动。在时间宇宙的某处，弥赛亚也沉默不语。

于是我离开耶拉希米，再次回到那个看起来像我的小男孩身边。

"你也在审判我吗？"我问他，"你不应该审判我。你很幸运，小时候就去世了。如果你继续活着，你就会变成我这样。"

随后，小男孩开始说话。他的声音里充满了忧虑的回声和遥远的思乡之情。

"我没有在审判你，"他对我说，"我们都不是来审判你的。我们来这里的原因是因为你在这里。你去哪里，我们就去哪里；你做什么，我们就做什么。当你仰望天空时，你也让我们看到了天空；当你抚摸一个饥饿的小男孩的头发时，就会有数千只手也放在他的头上；当你给一个穷人面包时，我们则会让他享受到只有穷人才懂的天堂般的美味。为什么我们不说话呢？因为沉默不仅是我们的所属之地，还是我们的存在。我们自身就是沉默。以利沙，你的沉默某种意义上属于我们的一部分。你知道的，是你将我们装在自己身体里。有时你会看到我们，但大多数时候看不见。当你看到我们的时候，你认为我们是来审判你的。你这样想就错了。不是我们在审判你，而是你的沉默。"

突然间，一只手碰了下我的胳膊，是那个乞丐的手。我转过身来，发现他已经站在我身后。我知道他并不是死亡天使，而是先知以利亚。

他说道："我听见加德的脚步声。他要上来了。"

"我听见加德的脚步声，"伊拉娜摸了摸我的胳膊，说道，"他要上来了。"

加德迈着缓慢的步伐，走进房间，脸色凝重。伊拉娜跑到他身边，吻了他一下。加德轻轻地推开了她。

"你在下面待了很久，"伊拉娜说，"是什么原因让你待了这么长时间？"

加德的脸上露出一个残酷而痛苦的微笑。

"哦，没什么，"他说，"我看着他吃饭。"

"他吃了吗？"我惊讶地问道，"他能吃东西吗？"

加德回答说："是的，他吃了。胃口很好。"

我不明白。

"什么？"我喊道，"你是想告诉我他饿了？"

"我没有这么说，"加德反驳道，"我并没有说他饿了。我是说他胃口不错。"

"所以他不饿。"我继续说。加德的脸色变得十分阴沉。

"是的，他不饿。"

"那他为什么还要吃东西呢？"

"我不知道，"加德紧张地回答，"也许是想向我证明，即使他不饿，也能吃东西。"

伊拉娜凝视着她所爱的这个男人的脸庞。她试图抓住她的目光，但加德却将目光固定在空间内一个看不见的点上。

"你们接下来做了什么？"伊拉娜问道，她突然感到有些担心。

"什么之后?"加德生硬地回答说。

"他吃完饭后。"

加德耸了耸肩。

他肯定地说:"没什么。"

"怎么会什么都没有?"伊拉娜感到很吃惊。

"没什么。他给我讲了一些故事。"

伊拉娜摇了摇加德的手臂。

"故事?什么样的故事?"

加德发出一声无奈的叹息。

"他就给我讲了一些故事。"加德重复道,他显然已经厌倦回答这些在他看来非常奇怪的问题。

我想问加德他是否笑了,人质是否让他笑了出来。但是我并没有问出口,因为无论怎样,答案都将是荒谬的。

加德进入房间的声音使得吉东和约押从睡梦中惊醒。他们惊慌地环顾着整个房间,似乎在确定他们不是在做梦。然后约押忍着哈欠问现在几点了。

加德看了眼手表后回答:"四点钟。"

"这么晚了！我都不知道已经这么晚了。"

加德示意我靠近他。

他提醒我说："天很快就亮了。"

"是的，我知道天快亮了。"

"你知道你要做什么吗？"

"我知道。"

他将手伸进口袋，拿出一把手枪并递给了我。我犹豫是否要拿这把枪。

"拿着。"他不耐烦地命令道。

这是一把几乎全新的黑色手枪。我不敢碰，也不敢收下它。我是谁和我将成为谁的区别就在于这把枪。

"所以？"加德不耐烦地说道，"给我拿着。"

我伸出手接过这把枪，然后仔细地看了很久，仿佛我并不知道这个特殊的物品有什么用处。最后我将它放进了裤袋里。

我对加德说："我想问你一个问题。"

"你说吧。"

"他让你笑了吗？"

加德冷冷地盯着我，仿佛他不明白我的问题或是不懂为什么我要提出这个问题。他在想些什么，脸上的皱眉表情使我相信他正在紧张地思考着某些事情。

"那个人质，"我重复道，"他让你笑了吗？"

我感到加德的目光穿透了我的身体：从眼睛进入，然后从后颈处穿出。加德一定想知道我脑子里在想些什么；为什么我会问他这些毫无意义的问题；为什么我不痛苦；为什么我没有把这种痛苦或者不痛苦藏在面具后面？

"没有，"他最后回答说，"他没有让我笑。"

面具不知不觉地裂开了。然而加德并没有意识到。他用尽全力去控制自己的眼睛，但是却忘记了嘴巴。而正是在嘴的周围，面具出现了裂纹。他的嘴，尤其是上唇，现在显露出一种痛苦以及可怕的愤怒。

"不可能！"我装作很佩服的样子，感叹道，"你是如何做到的？他的那些故事不是很有趣吗？"

加德发出一种奇怪的声音，听起来像是笑声。随之而来的沉默更凸显出一只无形的手在他嘴唇上所描绘的悲伤。

"哦，那些故事很有趣！非常有趣！但它们并不会让我笑。"

加德从衬衫口袋里掏出一支烟，点燃后抽了几口；还没等我问下一个问题，他就接着说：

"很简单，我在想戴维……"

我告诉自己，我也会想到戴维的，他会保护我的。人质总是试图让我笑出来，但是我不会上当。戴维会来帮我。

约押再次忍着哈欠说："已经很晚了。"

吉东也附和说：

"已经很晚了。"

窗户外，黑夜仍在注视着我们。但是从它看我们的眼神中，不难看出它已经准备要离开了。

我突然决定：

"我去地下室了。"我向加德说。

"这么早？"他以一种惊讶或是感动的语气问道，"你还有时间。一个小时左右……"

我回答说："我更想提前下去看看他，和他聊聊并认识一下他。"我接着说："杀死一个陌生人是懦弱的，这几乎太容易了。正如在战争中，我们并没有杀人，而是朝着黑夜开枪，它'受伤后'发出痛苦的叫声让人联想到人类悲痛的呻吟。事实就是这样：我们在黑夜和人群中开枪，这将永远无法确定一个人是否被杀，或者被谁杀死。处死一个陌生人亦是如此。如果我只在他死亡的那一刻看到他，我会觉得自己开枪杀死的是一个死人。而这将是懦弱的。"

这就是我做出决定的理由。我并不知道这个决定是否正确。如今在思考这个问题的时候，我对自己说，如果我想提前下去，也许只是出于好奇想看一下人质。因为我在此之前从未见过一个人质。我想看见一个即将死亡并且知道自己会死的人质。我想盯着他看，而即将死亡的他会讲一些有趣的故事。是出于好奇心？还是想要表现得勇敢？或许两种原因都有……

加德问我："你要我陪你一起去吗？"一缕头发遮住了他前额的一部分，而他却一直忘记将它撩起。

我回答说："不用了，加德。我想单独和他待在一起。"

加德对我笑了笑。是那种作为指挥官为部下感到骄傲而向我展现的微笑和自豪之情。他将手放在我的肩膀上，亲切地按了按。

乞丐将手放在我的肩膀上，问道："你想要我们陪你一起去吗？"

"不用，"我非常肯定地回答说，"我想单独和他待在一起。"

他的眼睛里闪耀着巨大的善意：

"没有他们，你是做不到的。"乞丐对我说，并用头指向我们身后远处的人群。

"那就让他们晚点儿来吧。"我承认道。

乞丐用手握住我的头并与我对视。他的目光是如此强大，以至于有一瞬间我甚至怀疑自己的存在。我心想：我就是这种目光，这就是我的全部。乞丐有很多种目光，而我就是其中之一。但是他的目光里闪烁着善良的光芒，我知道乞丐不可能用善意的目光去看他自己的目光。因此我开始意识到自己的存在。

他说:"好吧,他们会晚点儿来的。"

乞丐回到了人群的中心。

而现在是那个小男孩,他从远处越过人头和阴影,提出要陪我下去。我对他说:"你晚点儿再来。"我的回答让他很伤心。因为我向他重复了我刚刚和别人说的话:"晚点儿再来。我想先单独和他待在一起。"

"好吧,"小男孩答应了,"我们晚点再来。"

我环顾房间,想把小男孩留在那里,希望我回来时还能找到他。

伊拉娜在和加德说话,而加德并没有听;约押打了个哈欠;吉东则正在抚摸自己的额头,好像头疼似的。

我心想:再过一个小时,一切都会改变。我会用不同的眼光来看这些人。而桌子、椅子、厨房门、墙壁、窗户,我都将以不同的方式看待它们。只有亡灵,例如我的父亲、母亲、老师以及耶拉希米尔,他们不会改变。因为我和他们会朝着同一个方向,在同一时间做同样的事情而一起改变。

我摸了下口袋，看看那把枪是否还在里面：它就在那里。我甚至有一种奇怪的感觉，那把枪在震动，它是活着的，它的存在就是我的一部分。正如我拥有现在、未来与命运，这把枪也有现在、未来与命运。但是我的命运取决于这把枪，而它的命运也取决于我。我想一个小时后，它也会变的。

"已经很晚了。"约押边伸懒腰边说道。

我用自己的眼睛向这个房间、伊拉娜、加德、吉东和他的祈祷以及约押和他困惑的眼神告别；也向桌子、窗户、墙壁与这个夜晚告别。随后我匆匆地走进了厨房，感觉像是在奔向自己的死刑。

我走下楼梯，步伐不由自主地变得越来越慢，越来越沉重。

第二章

约翰·道森是个英俊的男人。即便是几天没有剃胡子，顶着蓬乱的头发，穿着皱巴巴的衬衫，他身上的某些东西仍然使他看起来很优雅。

约翰·道森大约四十多岁，可能是一名职业军官。他有着棱角分明的下巴，敏锐的眼睛，锐利的目光，知识分子的高额头，薄薄的嘴唇以及纤细的双手。

当我推开他的牢房门时，他正躺在板床上观察天花板。

这张床是狭窄的白色牢房内唯一的家具。而由于我们曾安装过良好的通风系统，所以这间没有窗户的牢房并没有楼上能通风的房间那么热。

当约翰·道森看到我来时，他既没有感到惊讶，也没有表现出恐惧。他甚至没有起身，而只是坐在床上。随后，他一言不发地观察了我很长时间，仿佛想测量我沉默的力量和密度一般。他将我全身上下都看了一遍，我想知道他是否能看到我身上到处都是眼睛。

"现在几点了？"他突然问道。

我用微弱而不确定的声音回答说："已经四点多了。"他皱着眉头，似乎想弄清楚我话语中隐藏的深层含义。

他又问我："几点天亮？"

我回答道："一小时后。"接着，我也不知道自己为什么又说了句："大概吧。"

我们彼此凝视了很长时间，突然我意识到时间不再以其固定的、正常的速度流逝。我想一小时后我就会杀了约翰·道森。但是我对此不相信。我告诉自己，我与谋杀相隔的那一刻将比我的生命更加持久。它将永远属于遥远的未来，永远不会回到过去。

我在观察我们两人之间的关系。这种情况有些古老。牢房乃至整个世界内只有我们两个人。他坐着，我站着。受害者与主张正义的人。我们是被上帝创造的第一批人，或者也是最后一批。无论如何，只有我们两个人。那上帝呢？他可能在世界的某处。也许这就是约翰·道森在我身上激发出来的同情心！刽子手与受害者之间并没有仇恨，也许这就是上帝。

我们两个人待在狭小的白色牢房里。他坐在床上，而我站在他面前。我们一直注视着对方。我真希望能用他的眼睛看到自己。也许他也想通过我的眼睛看到他自己。

我对他没有仇恨、愤怒或是怜悯。我只是觉得他很讨人喜欢。我喜欢他皱着眉头想某些特定事物的样子；我也喜欢他一边检查指甲，一边提出并不完整的想法。我想在其他情况下，他可能会成为我的朋友。

"是你来……？"他突然问道。

他是怎么猜到的？或许他已经闻到了。因为死亡是有味道的。当我进入牢房的时候，身上就带着这种味道。或者他可能突然间看到我没有手、腿或肩膀，而仅仅是由眼睛组成的。

我对他说:"是我。"

我的内心十分平静。倒数第二步总是让人感到紧张和备受折磨;而最后一步则会使人头脑清醒,深思熟虑且充满信心。

约翰·道森问我:"你叫什么名字?"

这个问题让我有些不安。所有死刑犯都会这么问吗?他们为什么要知道刽子手的名字?这样他们就可以将名字带到来世?他们为什么会这么做?或许我不该告诉他,但我们不能拒绝一个即将死去的人。

"以利沙。"我回答道。

他说:"这个名字很好听。"

"这是一位先知的名字,"我解释道,"以利沙是以利亚的门徒。他把死去男孩的尸体放在自己身上,并将自己的呼吸与生命给予男孩,从而使他起死回生。"

"而你却正在做相反的事情。"约翰·道森笑着说。

他没有对我感到愤怒,也没有显露出任何憎恨。或许他也觉得平静、清醒以及自信。

他饶有兴趣地问:"你多大了?"我告诉他自己十八

岁。接着，我不知道为什么又说了句："已经过去的。"

然后他抬起头来看着我；我看到他脸上流露出极大的怜悯之情（他的脸突然变得更加瘦削，其线条更为明显）。他看了我很久，然后悲伤地摇了摇头并说道：

"我很同情你。"

我感觉到他的怜悯渗入了我的内心。我知道这种怜悯将彻底感化我，以至于我明天将会觉得自己很可怜。

我对他说："给我讲个故事吧。如果可能的话，讲个有趣的故事。"

我觉得自己的身体越来越沉重。我想明天它会变得更重，重得多。因为从明天起，它将承载我的生命与约翰·道森的死亡。

"我是你死前最后一个见到的人，"我继续说，"而你应该让这个人笑。"

他再次用怜悯的目光看着我。我想知道是否所有死刑犯都会这样看他们最后见到的那个人；是否所有的受害者都会对他们的刽子手感到怜悯。

"我同情你。"约翰·道森重复道。

我尽力了。但是我不得不微笑。于是我微笑着对他说：

"你要和我说的并不是一个有趣的故事。"

而他也微笑着回答我。我想知道我们两个人的笑容中哪一个更加悲伤。

"你这么确定吗？"

我不太确定，甚至一点也不确定。毕竟，这可能是个有趣的故事。受害者坐着，主张正义的人站着。他们相互微笑，甚至相互了解。他们俩非常了解彼此，甚至比儿时的朋友更了解彼此。这就是时间创造的奇迹。传统观点下的所有阶层都消失了。每一句话、手势与眼神都变成真理，而并非其映像之一。一种和谐建立了起来。我的沉默中有他的沉默；我的微笑容纳着他的微笑；他的同情转化为我的同情。此时此刻，没有人能像他这样理解我。我知道这一点。我也知道这仅仅是由于我们必须扮演的两个角色。而这正是故事的有趣之处。

"坐吧。"约翰·道森说道。他边示意我坐到他左手边的床上，边给我让出位置。

我坐了下来。直到现在，我才发现他比我高出一个头。他的腿也比我的长，因为我的脚无法碰到地面。

"我有一个像你这么大的儿子，"他开始说，"他和你同龄，但看起来不像你。他有着一头金发，身体也很健壮。他喜欢吃东西、喝饮料、看电影、和女孩子约会、大笑和唱歌。他不像你那么不安，那么焦虑……也没有那么痛苦。"

他开始向我讲述他儿子的事情，"他目前在剑桥大学学习"，他的每句话都像是一条火舌，烧灼着我的身体。我用右手摸了下口袋里的枪，它也变得十分炽热以至于我的手指被烫伤。

我心想我不应该听他的故事。他是我的敌人，敌人是没有故事的。我需要想些别的事情。实际上，这就是我想要见他的目的：在他给我讲故事的时候想些别的事情。别的事情……但是想什么呢？想伊拉娜还是加德？对了，加德说他想到了戴维。让我们来想想戴维·本·莫西，他是这场"运动"的英雄……
他……他……他……

我闭上眼睛想更好地看到戴维，但是由于从未见
过他，我无法有效地想象到他的样子。我想一个名字
还不够，还需要一张脸，一副身体和一个声音，然后
再加上戴维·本·莫西的名字。一张脸，一副我认识
的身体，一个我熟悉的声音。加德？不，加德不行。
我很难将他想象成一名死刑犯。死刑犯？我为什么没
有早点儿想到呢？约翰·道森就是一名死刑犯。让我
们给他取名为戴维·本·莫西。从现在起，在接下来
的五分钟里，你就是戴维·本·莫西……你目前在阿
卡监狱的白色牢房内。那些将在黎明时分死去的人都
被关在这间充满刺眼冷光的牢房里。

就在此刻，有人敲门了。拉比走进牢房，他前来
是为了安慰你，与你一起背诵《诗篇》^①内的几章并让

---

① 《诗篇》：《圣经》旧约中的一卷，其内容多为对神赞颂、
祈祷和敬拜的诗。

你说出"悔过祷"(Vidui)①；通过这种可怕的忏悔，你不仅要为自己曾经犯下的罪行与罪孽负责，而且要为自己可能犯的以及他人所犯下的罪行和罪孽负责。拉比还赐予你传统的祝福："愿上帝保佑你，愿上帝保护你……"；并勉励你不要害怕。你告诉他自己并不害怕，如果有必要，自己还会再做一次。拉比微笑着告诉你，监狱外的人都为你感到骄傲。而他一直都在努力克制自己，不让眼泪流下来。因为你的话，他情绪激动并且想要哭泣。最终他还是流泪了。而戴维你并没有哭。你温柔地看着拉比，因为他是你死前见到的最后一个人（刽子手和其他人都不算）。你对这位初次见面的拉比很温柔。他在流泪，而你想让他停止哭泣。于是你开始安慰他。你对他说："不要哭，不要为我哭泣。我并不害怕，也不值得同情。"

"我同情你，"约翰·道森对我说，"我同情的不是

---

① 悔过祷：赎罪日礼仪中的重要环节。在这些祷文中，人须念出一系列的过犯，从希伯来文的第一个字母念到最后一个字母。

我儿子，而是你。"

约翰·道森站了起来。他个头很高，头撞到了天花板，所以他不得不稍微弯下腰。他把手伸进皱褶的卡其色裤子口袋里，并开始在牢房里踱步：往前走五步，再往回走五步。

我回答说："其实，你刚才说的故事很有趣。"

约翰·道森没听见我说的话。他仍将双手放在口袋里，继续在牢房里踱步，从一面墙走到另一面，往前走五步又退回来五步。我看了眼手表：四点二十分。

突然间，他在我面前停下，向我要了一支烟。我口袋里有一包"玩者"[①]牌香烟。我想把这包烟都给他，但是他拒绝了。他解释说自己不可能把里面所有的烟都抽完。他的声音一如既往的平静、沉着。

"你身上有纸和铅笔吗？"他突然地问道，声音急促而不耐烦。

---

① 玩者香烟（Player's）：全称为 John Player & Sons，通常被称为 Player's，产自英国，是英国本土香烟品牌之一，它蕴含着典型的欧美风味，是英国最受烟民喜爱的平价香烟。

我拿出笔记本，撕下几张纸，然后和铅笔一起递给他。

"这是一张小纸条，我想拜托你把它寄给我的儿子，"他说，"我会把地址写在上面。"

我将笔记本递给他，以便于他能更容易地写字。他站在地上，把床当作桌子。在这几分钟内，牢房里几乎是一片寂静，只能听到铅笔在纸上吱吱作响。

我看着他的双手，其中一只拿着笔记本，另一只在写字。那是一双贵族的手：修长、纤细、娇嫩，手部的皮肤光滑透亮。我被这双手给迷住了。我心想：拥有这样的一双手的人在生活中一定很容易成功；不需要说话、讨论、微笑、弯腰、献花和恭维；这双手会为你做一切。我又想到罗丹[1]喜欢雕刻这样的手。

罗丹的名字使我想起了斯特凡。我是在集中营里认识他的。他在战前曾是一名雕塑家。而我在集中营

---

[1] 罗丹（Auguste Rodin）：法国雕塑艺术家。主要作品有《思想者》《青铜时代》《加莱义民》《巴尔扎克》等。

里遇到他时，他只有一只左手。

斯特凡是一个德国人，而那些砍掉他右手的人也是德国人：纳粹分子。

在希特勒夺取政权后的最初几年里，斯特凡和他的一些朋友试图在柏林成立早期的抵抗组织；这是一个由反纳粹分子组成的小团体，他们不相信人民赋予元首的神圣使命。但是这个组织仅仅存在了很短的时间，因为盖世太保在其成立几个月后就发现了它。

这位年轻的雕塑家（斯特凡）遭到逮捕、审问和折磨。"说出那些人的名字，"他们要求道，"告诉我们那些人的名字，你就会被释放。"斯特凡一句话都没说。他们殴打他，他保持沉默；他们让他挨饿，他没有开口。他们日日夜夜都不让他闭上眼睛，而他仍一直保持沉默。最后，斯特凡被带到柏林的盖世太保首领面前；这位首领温和、不怎么说话还很瘦弱。他用慈祥的父亲般的声音劝告斯特凡不要再"做傻事"与固执了。斯特凡礼貌性地听着，但什么也没说。"所以？"盖世太保首领问道，"开始吧。告诉我一个名字，一个就行。这将是你善意的证明。"斯特凡还是一句话都没说。"太可惜了，"那个首领说，"你是在逼我伤害你。"

在盖世太保首领的指示下，两名党卫军士兵将斯特凡带到隔壁房间。这个房间看起来像是一间手术室。窗边放着一张牙医椅。而旁边铺着白布的桌子上整齐地摆放着几十把手术刀、剪刀和镊子。

两名党卫军士兵关上窗户，将斯特凡绑在椅子上，然后开始抽烟。不久后，那位瘦弱的军官穿着白色的罩衫走进了房间。

"别害怕，"他对斯特凡说，"我在加入党卫军之前是一名医生。"

这位面色柔和、言语温柔的"医生"在手术台前忙碌着。他挑选了几件器械，然后走到斯特凡面前坐下。

"把你的右手给我。"他要求道。斯特凡把右手递给他。

"医生"在仔细地观察这只手的同时，继续说道：

"我听说你是个雕塑家。你不打算回答是吗？行，我知道你就是，因为从你的手可以看出来。你知道的，男人的手会说很多话，非常有表现力。你看我的手；它们看起来不像是医生的。那是因为我不想成为一名医生。我渴望成为一名艺术家，音乐家或是画家。然而我并没有成为这两种艺术家，但却一直拥有这双艺术家的手。你看看这双手……"

斯特凡后来对我说："我看着那双手，它们让我着迷。他的手是我一生中见过的最美丽、最纯洁、最像天使一般的，仿佛其中居住着一个异乡的、娇弱的、被放逐的灵魂一般。"

双手干净的"医生"继续说道："身为一名雕塑家，你需要你的双手。不幸的是，我们并不需要。"

说这话的同时，他切断了斯特凡的第一根手指。

第二天，他切断了斯特凡的第二根手指。

第三天，第三根手指。

五天内，他切断了斯特凡的五根手指。右手的那五根。

"别担心，"军官用父亲般的声音说道，"从医学上来说，截肢是最理想的，这样就无须担心任何并发症了。"

"在那之后，我碰见过他五次，"斯特凡向我吐露了他的秘密（由于无法理解的奇迹的发生，斯特凡并没有遭到处决，而是被押送到了集中营），"我有五次近距离地看见过他。每一次，我的目光都无法从他的手上移开，那是我有生以来见过的最美丽的手……"

约翰·道森写完了信并将其递给我，但我看不见那张纸。我的注意力集中在他那双皮肤光滑透亮、脆弱而罕见的手上。

我对他说："你的手很美。"

他困惑地看了我一会儿，一句话都没说。

"你是一名艺术家吗？"我问他。

他摇头表示否定。

他回答说："我不是艺术家。"

"那你从未弹过乐器吗？你从未画过画吗？你甚至从未想过吗？"

他继续沉默地看着我，然后给了我一个简短的回答。

"没有。"

"那你一定学过医学。"我继续说道。

他惊讶地看着我，似乎突然怀疑我的头脑是否清醒。

他用略带愤怒的语气说："我没有学过医学。"

"太遗憾了！"

"太遗憾了？为什么这会是一种遗憾？"

"看看你的手。这应该是一双医生的手。要切掉别人的手指，就需要有这样的手。"

约翰·道森小心而又缓慢地将那几张纸放在床上。在此之前，他一直用指尖捏着这些纸。

他问我："这是个有趣的故事吗？"

"哦，是的！非常有趣！向我讲述这个故事的男孩名叫斯特凡，他也觉得这个故事特别有趣，甚至都笑出了眼泪。"

他从右到左摇了几下头，用一种非常悲伤的声音对我说：

"你恨我，对吗？"

我并不恨他。但是我想恨他，因为这会让事情变得更加容易。仇恨和战争、爱情与信仰一样，能够说明与解释一切。

"以利沙，你为什么要杀约翰·道森？"

"他是我的敌人。"

"约翰·道森是你的敌人？和我们解释一下，以利沙。"

"行，我来解释。约翰·道森是英国人。英国人是巴勒斯坦境内犹太人的敌人。而我是犹太人，所以他是我的敌人。"

"但是以利沙，我不明白你的意思：为什么是你杀了他？你是他唯一的敌人吗？"

"不是。但这就是命令。你知道的，命令意味着什么。"

"所以是这些命令使他成为你唯一的敌人？行了，以利沙，回答这个问题吧。你究竟为什么要杀约翰·道森?"

只要以仇恨为借口，我就能避免回答所有这些问题。为什么我要杀约翰·道森呢？原因很简单：我恨他。就这一点，仅此而已。仇恨是绝对的，它澄清了人类的任何行为，即使它本身充斥着非人道的行为。

我真希望自己恨约翰·道森。实际上，这就是为什么我决定在杀他之前，先下来和他谈谈。我知道这很荒谬，但是尽管如此，我还是希望在他身上或者在他面前的自己中找到引起仇恨的原因。

人恨敌人，其实是因为他憎恨自己的仇恨。他对自己说："是敌人让我成为能够仇恨的人。我恨他，并不是因为他是我的敌人，也不是因为他恨我，而是因为他滋生了我的仇恨。

我心想，约翰·道森使我成为一个杀人犯——谋害约翰·道森的杀人犯。他应该得到我的仇恨。如果不是他，我或许可能还是个杀人犯，但绝不是杀死约翰·道森的杀人犯。

所以我下楼去到地下室，目的是为了更好地憎恨约翰·道森。我想这不会很难。世界上所有的军队、历史上所有的政府都曾用一种行之有效的手段来煽动仇恨。这种手段就是：通过宣传、演讲和影片来塑造敌人的形象。这一形象包含了自创世以来所有邪恶的化身，人类所有苦难的象征以及所有不公正和残酷的起因与根源。"这种手段很可靠，"我重复道，"我会用它来对付受害者。"

我试图使用这种手段。我对自己说：所有敌人都是平等的。他们都是一样的。所以任意一个敌人都应该为其他人所犯下的罪行负责。虽然他们有不同的脑袋，但他们都有手，那些切断我朋友舌头与手指的手。

当我走下楼梯时，我确信自己能够面对判处戴维·本·莫西死刑的人；杀死我父母的人；挡在我和我想成为的人之间的那个人；即将杀死我身体内自我的那个人。

我确信我能够恨他。

随后我看见了他的制服，内心想道：很好！没有什么比制服更能激起仇恨。

看见他美丽、纤细、娇嫩的手后，我心想：真幸运！斯特凡将雕刻出我对这双手的仇恨。

当约翰·道森低头给"在剑桥大学学习，热爱爱情与生活"的儿子写最后一封信时，我的目光落在他的脖子上。我想戴维也正在写最后一封信，那封信很可能是写给"长者"的；而在此之后，他将被处以死刑。

当他和我说话时，我的思绪还停留在戴维身上。对戴维来说，他没有任何人可以说话。那个拉比？我们不能和拉比说话。因为他太急于将你最后的话语传达给慈悲的上帝。我们向拉比忏悔，和他一起背诵《诗篇》，为死者祈祷，安慰拉比或者让拉比安慰我们。但是我们不能和拉比说话，而这也不完全是真的。

我想到了戴维；我还没有认识他，将来也不会再有机会了。他并不是第一位被绞死的犹太战士，所以我们非常清楚他将如何以及何时死亡。大约五点左右，他的牢房门将被打开，监狱长会对他说："戴维·本·莫西，准备好。时间到了。"人们总是说：时间到了。仿佛那一刻是唯一重要的时刻。戴维环顾了一下牢房。拉比对他说："走吧，我的孩子。"他们走了出去，而牢房门仍然开着，人们总是忘记将它关上。一小群人走在通往行刑室的灰暗的长廊里。作为一个重要的角色，戴维走在中间，他意识到其他人都只是因为他才来到那里的。他昂首挺胸地走着（我们所有的同志都是昂首挺胸地走向死亡），目光中露出一种奇怪的微笑。而在走廊的两侧，数百只眼睛与耳朵都在等待着他经过。第一个听到戴维脚步声的囚犯开始唱起了《哈提克瓦》（*L'hatikva*），即希望之歌。随着队伍的前进，歌声变得更响亮、更富有人情味和力量。接着，歌声和脚步之间开启了一场斗争，而歌声将掩盖住脚步的声音。

当约翰·道森向我讲述他儿子的事情时，我听到了戴维的脚步声，他将要迈出的脚步声以及随之而来的歌声。

我听见了死刑犯的脚步声，而约翰·道森的话语却试图掩盖这种声音。我心想：他说话是为了不让我看到走廊里那群人中间的戴维与他目光中的笑意，以及不让我听到绝望的《哈提克瓦》(原本是希望之歌)。

我想恨他。因为仇恨会让事情变得更容易。那你为什么杀了约翰·道森?

"我杀他是因为我恨他。而我恨他是因为戴维·本·莫西恨他。戴维·本·莫西恨他，是因为在他说话的时候，戴维正穿过灰暗的走廊，走向在走廊的尽头等待他的死亡。"

约翰·道森问道："以利沙，你恨我，对吗?"

他的眼神中充满柔情，脸上的表情也极其温柔。

我回答说："我不恨你，但是我想要恨你。"

"你为什么想要恨我，以利沙?"他又问我。

他的声音柔和、温暖、略带悲伤，但是却显然缺少了一种好奇。

为什么想要恨他? 我自己也在想。这真是个好问题，约翰·道森! 如果没有仇恨，我和同志们所做的一切都将毫无意义。没有仇恨，我们的斗争就没有胜利的机会。所以约翰·道森，我为什么想要恨你呢?

因为我的人民从来不懂得憎恨。几个世纪以来，他们的悲剧都是由于对那些试图消灭他们的人，以及那些经常成功地羞辱他们的人缺乏仇恨。约翰·道森，我们现在唯一的机会就是知道如何恨你，并了解仇恨的手段与必要性。否则我们的未来将是过去的延续，弥赛亚仍将永远等待着被拯救。

"你为什么想要恨我？"他又问道。

我回答说："为了让我不久后的行为更有意义。"

他又开始左右摇头。

"我同情你。"他再次说了这句话。

我看了眼手表：四点五十分，还有十分钟。十分钟后，我将做出一生中最重要、最彻底的事情。

我从床上跳下来。

我对他说："准备好，约翰·道森。"

"时间到了吗？"他问道。

我回答说："差不多了。"

他站起身来，将头靠在墙上进行冥想或是祷告，对此我并不清楚。

还剩八分钟。四点五十二分了。

我从口袋里拿出枪，心想：如果他从我手上夺走这把枪，我该怎么办？他没有机会逃脱。这所房子守卫森严。地下室只有一个需要穿过厨房的出口。而加德、吉东、约押和伊拉娜都在楼上。约翰·道森也知道这些。

还剩六分钟。

我突然觉得自己很清醒。牢房内也变得惊人的清晰。突然间，各个角色都被定义，而之间的界限也被划定。思考、怀疑、疑问、探索的时间已经结束。我变成了拿枪的那只手。我变成了手中的那把枪。

四点五十五分。还有五分钟。

"别害怕，孩子，"拉比对戴维说，"上帝与你同在。"

"别害怕，我是一名医生。"面色温和的军官对斯特凡说道。

"那封信，"约翰·道森转过身来对我说，"请你将它寄给我儿子。"

他靠在墙上，仿佛变成了一堵墙。四点五十七分。还剩三分钟。

拉比对戴维说："上帝与你同在。"说完，他哭了出来，但戴维没有看见，他再也看不到了。

"你会寄的，对吗？"约翰·道森坚持道。

我向他承诺："我会寄的。"接着，我不知道为什么又说了句："我今天就会寄出去。"

约翰·道森对我说："谢谢。"

戴维走进了那个他永远不会活着出来的房间。浑身都是眼睛的刽子手在等他。戴维走上断头台。刽子手低声问他是否要蒙上眼睛。戴维清晰地回答道："不用，一名犹太战士会睁着眼睛死去。他想要面对死亡。"

四点五十八分。

我从口袋里拿出一条手帕。约翰·道森让我把它放回去。他说他并不害怕死亡，并且一名英国军官知道如何睁着眼睛直面死亡。

还有一分钟：离五点还差六十秒。

　　牢房的门无声无息地打开了；亡者们的到来使房间里充斥着沉默。现在，狭小的牢房里几乎热得让人无法忍受。

　　乞丐摸了摸我的肩膀说：

　　"天亮了。"

　　那个看起来像我的小男孩，一脸担忧地对我说：

　　"这是第一次……"然后他想起他没说完整，于是补充道："这是我第一次参与执行死刑。"

　　我的父亲和母亲都在这里。黄胡子老师与耶拉希米尔也在场。他们都在看着我。他们的沉默也在凝视着我。

　　戴维直挺挺地站着。他开始吟唱《哈提克瓦》。

　　约翰·道森则开始微笑。他将头靠在墙上，僵直的身体仿佛在向一位将军敬礼似的，他笑了出来。

　　我问他："你为什么微笑？"

　　乞丐对我说："千万别问一个正在看着你的人为什么微笑。"

　　约翰·道森回答说："我之所以微笑，是因为我突然意识到，我甚至不知道自己为什么会死。"他沉默了一会儿，然后又说："你知道吗?"

"你看，"乞丐说，"我告诉过你了。永远不要在一个人即将死亡的时候问他这样的问题。"

还剩二十秒。这一分钟的长度超过了六十秒。

"不要微笑。"我对约翰·道森说。我本来想说的是：不要微笑，因为我不能对着一个微笑的人开枪。

十秒。

约翰·道森说："我想和你讲个故事。"

"一个有趣的故事。"

我举起右臂。

五秒。

"以利沙……"

两秒。他仍然在微笑。

"真遗憾，"小男孩说，"我真希望能听到他的故事。我喜欢故事。"

还剩一秒。

约翰·道森说："以利沙……"

我开了枪。当他说出我名字的时候，他已经死了。子弹刺穿了他的心脏。这个嘴唇依旧温热的死人曾念出我的名字：以利沙……

他非常缓慢地倒下了，就像是从墙上滑落下来一样。然后他保持坐在墙角地上的姿势，头枕在膝盖上，仿佛在等待即将到来的死刑。

我在他身边待了片刻后，头开始疼了起来，一种沉重的感觉笼罩着我。枪声使我耳朵失聪且无法说话。我心想：我做到了。我已经杀人了。我杀死了以利沙。

亡灵们开始离开牢房，他们带走了约翰·道森。那个小男孩站在约翰·道森身边，似乎是在引导他。我好像听到母亲低声地说："可怜的孩子，可怜的孩子！"

然后，我迈着缓慢而沉重的步伐，走上通往厨房的楼梯。

我走进房间。这里不再与之前相同。亡灵们已经离开了房间。约押不再打哈欠；吉东凝视着自己的指甲，为灵魂的安宁祈祷；伊拉娜带着痛苦的表情看向我；而加德则点燃了一支烟。

他们沉默不语，但他们的沉默与整晚压在我沉默之上的那种并不相同。

在地平线的尽头，黎明已经到来。

我走近窗边。这座城市还在沉睡。某处传来孩子醒后的哭泣声。我希望此刻有条狗开始吠叫，但是附近并没有狗。

黑夜渐渐消逝，留下了一道灰色、暗淡、霉青色的光。不久，黑夜只剩下很小的一片，悬挂在窗户的另一边。

我凝视着那片夜色，而内心的恐惧使我喘不过气来。那片由阴影的碎片组成的夜色里，有一张脸。我看到它便明白了自己恐惧的缘由。因为那张脸，就是我自己。

湖岸
Hu'an *publications*®

出品人_唐 奂

产品策划_景 雁

责任编辑_张静乔 钱凌笛

特约编辑_张引弘 刘 会

责任校对_王凌霄

责任印制_姚 军

营销编辑_蒋谷雨

装帧设计_尚燕平

内文制作_常 亭

🐦 @huan404

⑧ 湖岸 Huan

www.huan404.com

联系电话_ 010-87923806

投稿邮箱_ info@huan404.com

感谢您选择一本湖岸的书
欢迎关注"湖岸"微信公众号